致謝

謝謝您的支持

泉發蜂蜜行有限公司

紅棗食府

香米泰國料理

泰國萬威管理顧問公司

財團法人觀音根滿慈善事業基金會

臺北市商業會

德記洋行股份有限公司

（依筆畫排序）

國家圖書館出版品預行編目 (CIP) 資料

商務泰語 = Thai Language for business = ภาษาไทยธุรกิจ / 時時泰泰語資源中心編輯. -- 新北市：時時泰工作室，2024.08

112 面；19x26 公分

ISBN 978-626-95698-6-1（平裝）

1. CST: 泰語 2.CST: 商業 3.CST: 讀本

803.7588　　　　　　　112010040

商務泰語 II　Thai Language for business II　ภาษาไทยธุรกิจ II

編 輯 顧 問	沈莒達、黃兆仁
出　　　版	時時泰工作室
	234 新北市永和區秀朗路一段 90 巷 8 號
	(02) 8921-2198
審　　　訂	ทิพนาถ สุดจิตต์
編 輯 中 心	時時泰泰語資源中心
錄　　　音	ทิพนาถ สุดจิตต์
泰 文 校 對	ทิพนาถ สุดจิตต์
課 本 網 站	https://www.everthai.tw/
出 版 日 期	2024 年 8 月一版初刷
定　　　價	450 元
I S B N	978-626-95698-6-1
總 經 銷	紅螞蟻圖書有限公司
地　　　址	114 台北市內湖區舊宗路 2 段 121 巷 19 號
電　　　話	(02) 2795-3656
傳　　　真	(02) 2795-4100

欲利用本書全部或部分內容者，須徵得作者同意或書面授權。
請洽時時泰工作室：everthailand2019@gmail.com
Thai Language for business II
Published by EverThai Studio
Printed in Taiwan
Copyright © EverThai Studio
ALL RIGHTS RESERVED

商務泰語 II

Thai Language for business II
ภาษาไทยธุรกิจ II

對千變萬化的事物，唯一的期望即是
有一天我們能真正理解並接受它們。

The only thing to expect from ever-changing things is
to hope that one day we will truly understand and accept them.

สิ่งเดียวที่คาดหวังได้จากสิ่งที่เปลี่ยนแปลงอยู่เสมอคือหวังว่าสักวัน
เราจะเข้าใจและยอมรับการเปลี่ยนแปลงนั้นได้อย่างแท้จริง

時時泰工作室 出版
附 泰語 QR code 雲端音檔

序文
Preface / คำนำ

　　學習外語，是打開新世界大門的鑰匙，是展翅高飛於知識蒼穹的翅膀。在語言相對論中，沙皮爾-沃爾夫假說（Sapir-Whorf Hypothesis）提出每種語言擁有其獨特的詞彙與語法結構，這不僅影響到每一個語言社群如何思維世界、體驗世界與理解世界的方式，更塑造他們的文化和價值觀。

　　在全球化的時代，跨文化交流已成為拓展國際商務關係的重要方式。商務交往中，能夠設身處地的理解對方的文化背景和思維方式，變得尤為重要。正如英文諺語所說：「put yourself in someone's shoes」，這意味著在與他人交流時，應努力想像如果自己處於對方的情況下會有怎樣的感受或行為。這種同理心，是跨文化交流中不可或缺的一部分。

　　在《商務泰語Ⅱ》一書中，深入探討泰語在商務環境的應用。從參加會議、開設銀行賬戶到租車和尋找公寓，本書提供豐富的實用對話範例和情景模擬，幫助學習者在實際的商務環境中應對自如。此外，本書特別強調語法和句構的應用。掌握正確的語法和句構，不僅能夠提升表達的精準度，還能夠增強語言的流暢性和自然感。透過系統化的學習，學習者能夠逐步掌握泰語的核心技巧，並在實際運用。

在跨文化交流中，理解對方的文化背景是建立有效溝通的基礎。泰國文化中，宗教信仰和社會習俗對於人們的行為和思維方式有著深遠的影響。透過了解這些文化背景，我們能夠更好地理解泰國人的行為模式和決策邏輯，從而在商務交往中做出更為合適的應對。尊重對方的宗教信仰和文化習俗，不僅是禮貌的表現，更是贏得對方信任和尊重的關鍵。因此，在學習商務泰語的同時，我們也應該注重對泰國文化的學習和理解。

　　本書以「為臺灣社會紮建多元文化的基礎元素，為新生世代開啟展望東協的機會之窗」為核心價值。高度期盼促使臺灣新生世代及學員在國際事務的認知、參與、對話及散發正向的能量，形塑開放的胸懷，勇於學習新語言，探索泰國社會與文化，反思自身所處的臺灣。希望透過本書的學習，大家能夠在國際舞台上自信地運用泰語，開啟新的合作思維，為自己的事業和生活增添更多色彩。

時時泰工作室

序文
Preface / คำนำ

Learning a foreign language is the key to unlocking new worlds and the wings to soar through the skies of knowledge. The Sapir-Whorf Hypothesis posits that each language possesses its unique vocabulary and grammatical structures, influencing how each language community perceives, experiences, and understands the world, thereby shaping their culture and values.

In the era of globalization, cross-cultural communication has become a crucial means of expanding international business relations. In business interactions, the ability to empathize and understand another's cultural background and way of thinking is especially important. As the English proverb goes: "put yourself in someone's shoes," it implies that in communication, one should try to imagine how they would feel or behave in the other person's situation. This empathy is an indispensable part of cross-cultural communication.

In the book "Thai Language for business II," the application of Thai language in business settings is explored in depth. From attending meetings and opening bank accounts to renting cars and finding apartments, the book provides a wealth of practical dialogue examples and scenario simulations to help learners navigate real business situations with ease. Additionally, the book emphasizes the application of grammar and sentence structures. Mastering correct grammar and sentence structures not only enhances the precision of expressions but also boosts the fluency and naturalness of the language.

In cross-cultural communication, understanding the cultural background of the other party is the foundation of effective communication. In Thai culture, religious beliefs and social customs profoundly influence people's behaviors and thought processes. By understanding these cultural backgrounds, we can better comprehend the behavioral patterns and decision-making logic of Thai people, allowing for more appropriate responses in business interactions. Respecting another's religious beliefs and cultural customs is not only a matter of courtesy but also key to earning their trust and respect. Thus, while learning business Thai, we should also focus on understanding and learning about Thai culture.

This book is rooted in the core value of "establishing the foundational elements of a multicultural society in Taiwan and opening a window of opportunities for the new generation towards ASEAN." It is highly anticipated to enable Taiwan's new generation and participants to engage in international affairs, dialogue, and radiate positive energy, fostering an open mindset, the courage to learn new languages, explore Thai society and culture, and reflect on their position in Taiwan. Through learning from this book, it is hoped that everyone can confidently use Thai on the international stage, open new avenues of cooperation, and add more color to their careers and lives.

EverThai Studio

推薦序
Recommendation / คำแนะนำ

2022年亞太經濟領袖會議（APEC Economic Leaders' Meeting）中，主辦國泰國總理帕拉育（Prayut Chan-o-cha）指出目前全球仍在因應後疫情時代的經濟、社會及氣候變遷的影響，不得再以過去的模式發展，而需以新思維來面對挑戰。本次會議以「開放、連結與平衡」（Open, Connect, Balance）作為年度主題，強調在所有機會開放貿易與投資（Open Trade and Investment to All Opportunities）、在各方面重啟連結（Restoring Connectivity in All Dimensions）、在所有面向促進平衡、永續及包容性（Promoting Balance, Sustainability, and Inclusivity in All Aspects），呼籲區域內經濟平衡，實現堅韌力、永續力、創新力的貿易環境。

全球朝向永續經營的情勢下，泰國積極發展「生物、循環及綠色經濟模式」（Bio-Circular-Green Economy, BCG）及智慧城市建設計劃，作為永續性、平衡性、環境性的長期經濟發展，並輔以科技、教育、再造的主軸，促進資源再生的產品價值，推動環境保護的議題，以達到零排放的社會環境。泰國BCG產業領域涵蓋四個面向：「未來食品」如智慧農業、植物工廠、健康食品、精準農業等;「生物科技」如生物質發電廠、環保化學品、生物塑料等;「醫療保健」如基因治療、遠程醫療、醫療器材等;「廢棄物管理和回收」如回收設備、再生纖維、生質能源發電、廢棄物處理等。

為吸引外商投資,泰國投資促進委員會(The Board of Investment of Thailand, BOI)針對BCG經濟和智慧城市之相關產業提供關稅減免和投資獎勵措施,例如鼓勵現有外資企業在泰國當地拓展版圖、增加新產業類別、設立新的特殊投資區等方向。臺灣有許多科技、農業、環保、醫療產業及技術人才在此領域具有極大的發展潛力,然而,走向國際,語言為基本專業能力;走向泰國,泰語為工作價值能力的重要資本。

本書提供商務泰語應用會話、詞彙及句型,熟稔專業字詞的發音、說法、讀法,使語言成為直覺反應式的專業工具,習得當地史地習俗、商務環境及語言文化,能使您在專業領域中更加耀眼,感受海闊憑魚躍,天高任鳥飛的美好姿態。

吳發添
臺北市商業會理事長

推薦序
Recommendation / คำแนะนำ

在全球化進程中，中美之間的衝突已成為影響全球經濟格局的重要因素之一。隨著這場衝突的不斷升級，許多企業為了避免衝突可能帶來的風險與尋求更好的發展機會，紛紛將製造業和服務業轉移到東協國家，同時東協也成為了主要的受益者。這種產業外移不僅改變了當地的經濟結構，也帶動了人文事故和文化交流的興盛。

這一產業外移趨勢，不僅僅是經濟與市場的重新分配，更是一次深刻的人文交流與融合過程。在不同文化背景之間建立互相尊重且和諧的對話將成為未來社會共融的關鍵，同時必須適應當地的法律、文化與社會環境，這就要求企業和當地社區之間進行密切的文化交流。當地的文化元素和價值觀應該被尊重和容納，在過程中，語言的作用尤為突出，時也值得產業界和當地社會進行更深入的溝通和合作。

以泰國為例，作為東協的一員，泰國憑藉其穩定的政治環境、相對完善的基礎設施以及充滿活力的市場，吸引大量外資進入。這些企業在泰國的成功，不僅依賴於經濟策略，更依賴於對泰國文化的理解和尊重。泰語作為泰國的官方語言，不僅是當地居民日常交流的工具，促進企業與當地員工之間的溝通，提升工作效率，建立更加融洽的合作關係。對於企業而言，這不僅是提高競爭力的重要手段，也是實現永續發展的關鍵。

　　因此，我們應該重視和學習當地語言，包括泰文，在文化交流中注重彼此間的尊重和包容，讓不同文化在互相尊重的基礎上共同進步。透過語言的學習和應用，我們可以更好地融入當地社會，促進產業合作，同時也有助於推動跨文化對話和包容性交流，為世界帶來更多的和平與繁榮。

徐位敏
泰國萬威管理顧問公司

推薦序
Recommendation / คำแนะนำ

　　非常榮幸能夠為這本《商務泰語2》撰寫推薦序文。作為一名在曼谷擔任高階主管的台灣人，我深刻體會語言之於跨文化交流的重要性。語言不僅是溝通互動的媒介，更是另一種思維世界的方式，而這本書，正是讓台灣人能夠深入理解與體驗泰國社會及文化的語言工具書。

　　我們所處的時代，經濟全球化已是不可避免的趨勢，而東南亞區域經濟聯盟(ASEAN)在其中扮演著重要的角色。隨著台灣企業在東協市場的擴張，學習東南亞國家的語言和文化更顯重要。現代管理理論之父切斯特・巴納德曾說：「管理者的最基本功能是發展與維繫一個暢通的溝通管道 The most basic function of managers is to develop and maintain a smooth communication channel.」，在我日常的生活與工作中，有很多機會體驗到文化上的差異，我總以理解對方思維的方式，在差異中找到很好的連結點。

而閱讀學習這本書，讀者可以清楚地了解泰國的商業習慣、社會文化及生活態度，進而建立更加良好的跨文化溝通、創造更多的合作關係。

這本書不僅注重商務用語的學習，同時也涵蓋了生活泰語，使讀者可以輕鬆地在日常生活中應用並融入當地的生活。除此之外，加入文法運用和句構說明，讓讀者能了解泰語的語言結構與文化背景，進而透過對他們的思維理解，在泰國有更深刻的生活體驗。

我相信，透過這本書的學習，讀者能夠更加自信地面對東南亞市場的挑戰，也可以更好地融入當地的社會文化。這是一本值得推薦的好書，絕對可以幫助更多台灣人在國際事務中脫穎而出。

鄭嘉媛
中鼎泰國公司財務長

如何使用本書

How to use this book / วิธีใช้หนังสือเล่มนี้

1

認識泰國文化習俗

To understand Thai culture and customs

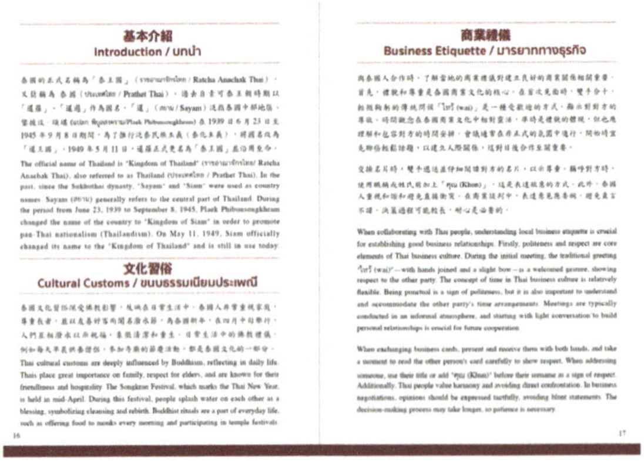
基本介紹
Introduction / บทนำ
商業禮儀
Business Etiquette / มารยาททางธุรกิจ
文化習俗
Cultural Customs / ขนบธรรมเนียมประเพณี

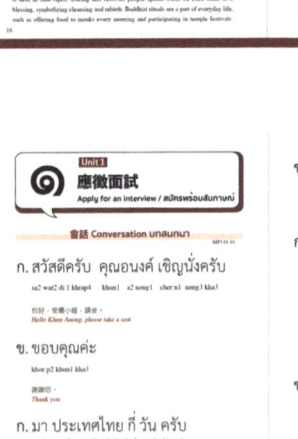

2

豐富實用的對話內容

The rich and practical dialogue content.

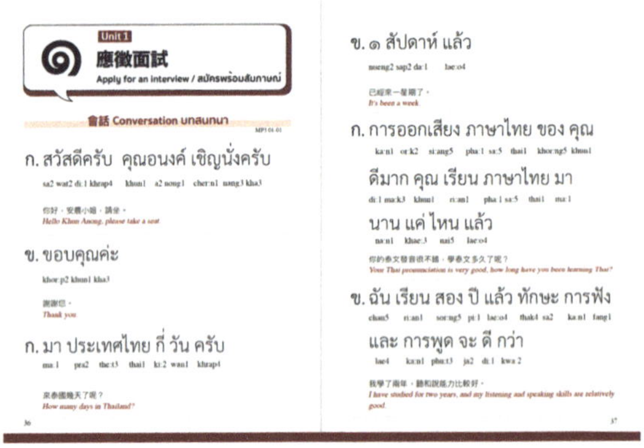

3

常用句子，反覆應用

The commonly used sentences to repeated application.

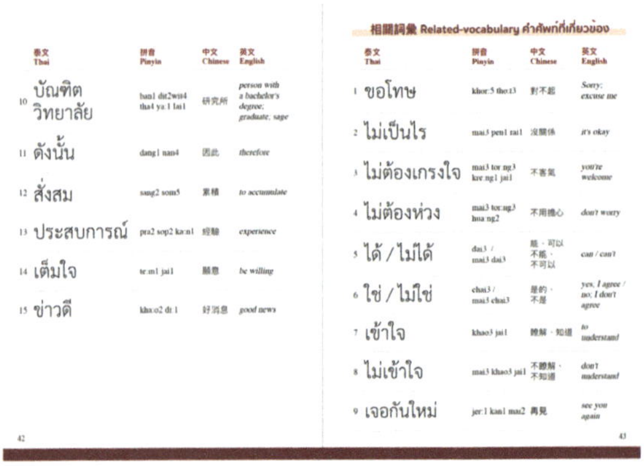

本書規則

1. 本書在音標上以「：」來標示長母音。
2. 本書在聲調上以數字「12345」來標示泰語聲調。
3. 本書 MP3 音檔，請掃 QRcode 下載。

Book rules

1. This book uses " : " to mark long vowels on phonetic symbols.
2. This book uses the number "12345" to mark the tone of Thai.
3. Please scan the QRcode to download the MP3 audio files of this book.

第一聲	第二聲	第三聲	第四聲	第五聲
First Sound	Second Sound	Third Sound	Fourth Sound	Fifth Sound
กา	ก่า	ก้า	ก๊า	ก๋า
ka:1	ka:2	ka:3	ka:4	ka:5

歡迎一起來追蹤「時時泰工作室」
Welcome to follow "EverThai Studio" together!!

官方網站 *Website* — 臉書專頁 *Facebook* — 網誌 *Blog*

Instagram — *Youtube* — 蝦皮 *Shopee*

目錄
Contents สารบัญ

序文 Preface / คำนำ		2
推薦序 Recommendation order / คำแนะนำ		6
如何使用這本書 How to use this book / วิธีใช้หนังสือเล่มนี้		12

Chapter 1
泰國文化與泰語
Thai Culture and Thai Language
วัฒนธรรมไทยและภาษาไทย

基本介紹 Introduction / บทนำ		18
文化習俗 Cultural Customs / ประเพณีวัฒนธรรม		18
宗教文化 Religious Culture / วัฒนธรรมทางศาสนา		19
禁酒政策 Alcohol Prohibition Policy / นโยบายการห้ามเครื่องดื่มแอลกอฮอล์		20
商業禮儀 Business Etiquette / มารยาททางธุรกิจ		22
泰語起源 The origin of Thai / ที่มาของภาษาไทย		23

Chapter 2
各課會話 Unit บทที่

第一課、應徵面試   26
Unit 1. Apply for an interview / สมัครพร้อมสัมภาษณ์

第二課、工作會議   36
Unit 2. Work meeting / ประชุมการทำงาน

第三課、銀行開戶   46
Unit 3. Open a bank account / การเปิดบัญชีธนาคาร

第四課、尋找公寓   54
Unit 4. Looking for a condo / มองหาคอนโด

第五課、租車自駕   62
Unit 5. Rent a car / เช่ารถ

第六課、工廠生產   70
Unit 6. Factory production / โรงงานผลิต

第七課、農產企業   80
Unit 7. Agricultural enterprises / วิสาหกิจการเกษตร

第八課、客訴問題   88
Unit 8. Customer complaints / ข้อร้องเรียนของลูกค้า

15

CHAPTER 1

泰國文化與泰語

Thai Culture &
Thai Language

วัฒนธรรมไทยและภาษาไทย

การเรียนรู้วัฒนธรรมเป็น
หน้าต่างสู่ความหลากหลาย
ช่วยให้เข้าใจโลกที่แตกต่าง

文化學習是開啟多樣性之窗，
深入理解不同的世界觀。

Cultural learning is a window to diversity,
offering deep insights into different worldviews.

基本介紹
Introduction / บทนำ

泰國的正式名稱為「泰王國」（ราชอาณาจักรไทย / Ratcha Anachak Thai），又簡稱為 泰國（ประเทศไทย / Prathet Thai）。過去自素可泰王朝時期以「暹羅」、「暹邏」作為國名，「暹」（สยาม / Sayam）泛指泰國中部地區。鑾披汶·頌堪 (แปลก พิบูลสงคราม/Plaek Phibunsongkhram) 在 1939 日 6 月 23 日至 1945 年 9 月 8 日期間，為了推行泛泰民族主義（泰化主義），將國名改為「暹王國」。1949 年 5 月 11 日，暹羅正式更名為「泰王國」並沿用至今。

The official name of Thailand is "Kingdom of Thailand" (ราชอาณาจักรไทย/ Ratcha Anachak Thai), also referred to as Thailand (ประเทศไทย / Prathet Thai). In the past, since the Sukhothai dynasty, "Sayam" and "Siam" were used as country names. Sayam (สยาม) generally refers to the central part of Thailand. During the period from June 23, 1939 to September 8, 1945, Plaek Phibunsongkhram changed the name of the country to "Kingdom of Siam" in order to promote pan-Thai nationalism (Thailandism). On May 11, 1949, Siam officially changed its name to the "Kingdom of Thailand" and is still in use today.

文化習俗
Cultural Customs / ประเพณีวัฒนธรรม

泰國文化習俗深受佛教影響，反映在日常生活中。泰國人非常重視家庭，尊重長者，並以友善好客而聞名潑水節，為泰國新年，在四月中旬舉行，人們互相潑水以示祝福，象徵清潔和重生。日常生活中的佛教禮儀，例如每天早晨供養僧侶，參加寺廟的節慶活動，都是泰國文化的一部分。

Thai cultural customs are deeply influenced by Buddhism, reflecting in daily life. Thais place great importance on family, respect for elders, and are known for their friendliness and hospitality. The Songkran Festival, which marks the Thai New Year, is held in mid-April. During this festival, people splash water on each other as a blessing, symbolizing cleansing and rebirth. Buddhist rituals are a part of everyday life, such as offering food to monks every morning and participating in temple festivals.

宗教文化
Religious Culture / วัฒนธรรมทางศาสนา

泰國有許多重要的宗教節日和國定假日，其中許多與佛教有關。例如，潑水節（สงกรานต์, Songkran）是泰國的新年，也是最重要的節日之一，於每年4月13日至15日舉行，人們會在這段時間內進行淨水儀式，象徵洗去過去一年的不幸。衛塞節（วันวิสาขบูชา, Visakha Bucha Day）通常在五月的月圓之日舉行，紀念佛祖的誕生、成道和涅槃，信徒們會到寺廟參拜，進行誦經和放燈活動。守夏節（วันเข้าพรรษา, Khao Phansa）標誌著佛教僧侶三個月的安居期，通常從七月的月圓之日開始，這段時間內，僧侶會留在寺廟裡進行修行和學習。

總言之，宗教在泰國人的日常生活中無處不在，從參觀宗教場所的禮儀到慶祝重要的宗教節日，這些信仰和傳統塑造了泰國獨特的文化氛圍。瞭解和尊重這些宗教習俗，有助於促進與泰國人的友好互動和合作。

Thailand has many important religious and national holidays, many of which are related to Buddhism. For example, Songkran (สงกรานต์), the Thai New Year, is one of the most important festivals and is held annually from April 13th to 15th. During this time, people participate in water purification rituals to wash away the misfortunes of the past year. Visakha Bucha Day (วันวิสาขบูชา) is usually celebrated on the full moon day in May, commemorating the birth, enlightenment, and passing of the Buddha. On this day, devotees visit temples to pray, chant, and light lanterns. Khao Phansa (วันเข้าพรรษา) marks the beginning of the Buddhist Lent, a three-month period during which monks stay in their temples to meditate and study. This period typically starts on the full moon day in July.

Overall, religion is omnipresent in the daily lives of Thai people. From the etiquette observed when visiting religious sites to the celebration of significant religious festivals, these beliefs and traditions shape Thailand's unique cultural atmosphere. Understanding and respecting these religious customs can help foster friendly interactions and cooperation with Thai people.

禁酒政策
Alcohol Prohibition Policy
นโยบายการห้ามเครื่องดื่มแอลกอฮอล์

泰國的禁酒政策最早可追溯至大城時期（14 到 18 世紀）。當時，佛教盛行，泰國民眾普遍不愛喝酒，王室與朝臣也被禁止飲酒，但禁令執行不嚴。直到拉瑪一世時期，才頒布了嚴格的禁酒令，違反的王室成員甚至會被降為平民，額頭還會被刺青。隨著泰國與各國往來日益頻繁，禁令有所放鬆，加上進口酒的出現，飲酒變得更為普遍。1972 年革命委員會決定在特定時間內才能賣酒，這是因為許多公務員因宿醉無法上班。但直到便利商店普及後，相關規定才被嚴格執行。現代禁酒令的起源可以追溯到 2006 年政變後，國家安全委員會組建政府，並於隔年通過《酒精控制法案》，規定在四個佛教節日期間禁止銷售酒精飲料，旅宿酒店除外。2015 年，當局再次明確規定，除了國際機場與娛樂場所外，酒類只能在特定時間出售。若違反規定可能面臨最高 6 個月徒刑或 1 萬泰銖以下罰款，建議大家遵守法律，不要以身試法。

買酒時間限制
泰國每日可合法販賣酒精飲品的時間是 11:00 至 14:00 和 17:00 至 24:00，其他時段禁止銷售。酒吧則能賣酒到凌晨 2 點，但需特別許可。

佛教節日禁酒
泰國每日可合法販賣酒精飲品的時間是 11:00 至 14:00 和 17:00 至 24:00，其他時段禁止銷售。酒吧則能賣酒到凌晨 2 點，但需特別許可。

選舉投票禁酒
選舉投票日前一天的下午 6 點起至選舉日午夜，禁止銷售和飲用酒精飲料，以確保民眾保持清醒。

特定地點禁酒

在寺廟、宗教場所、醫院和藥店、學校、加油站、公園、車站及政府機關等場所及其周邊 500 公尺範圍內，禁止銷售酒類產品並禁止酒類廣告。

禁止酒類廣告

根據《酒精管制法》，不得宣傳或顯示酒精飲料的名稱和商標，也不得誘使他人飲酒。電影、電視中的飲酒畫面會被打馬賽克，社交媒體上分享飲酒照片也是違法的。

線上禁酒

2020 年，泰國禁止網路和線上銷售酒類飲料，包括促銷和介紹酒精類產品，外送酒類飲料也被禁止。

Thailand's alcohol prohibition policies have historical roots dating back to the Ayutthaya period, with strict enforcement beginning under King Rama I. Modern restrictions began after the 2006 coup, leading to the 2007 Alcohol Control Act, which banned alcohol sales during major Buddhist holidays, with exceptions for hotels. In 2015, these restrictions expanded to include hotels and the end of Buddhist Lent.

Current Restrictions

- Sale Hours: Alcohol can be sold only from 11:00 AM to 2:00 PM and 5:00 PM to midnight. Bars with permits can sell until 2:00 AM.
- Buddhist Holidays: Sales are banned during major Buddhist holidays like Makha Bucha and Visakha Bucha.
- Election Days: Sales and consumption are banned from 6:00 PM before election day until midnight after the election.
- Specific Locations: No alcohol sales within 500 meters of temples, hospitals, schools, and government offices.
- Advertising Ban: Alcohol advertising and media portrayals of drinking are prohibited.
- Online Sales: Online sales and delivery of alcohol have been banned since 2020.

Anyone who violates the regulations may face up to 6 months in prison or a fine of less than 10,000 baht. It is recommended that everyone abide by the law and do not break the law.

商業禮儀
Business Etiquette / มารยาททางธุรกิจ

與泰國人合作時，了解當地的商業禮儀對建立良好的商業關係相關重要。首先，禮貌和尊重是泰國商業文化的核心。在首次見面時，雙手合十，輕微鞠躬的傳統問候「ไหว้ (wai)」是一種受歡迎的方式，顯示對對方的尊敬。時間觀念在泰國商業文化中相對靈活，準時是禮貌的體現，但也應理解和包容對方的時間安排。會議通常在非正式的氛圍中進行，開始時宜先聊些輕鬆話題，以建立人際關係，這對日後合作至關重要。

交換名片時，雙手遞送並仔細閱讀對方的名片，以示尊重。稱呼對方時，使用職稱或姓氏前加上「คุณ (Khun)」，這是表達敬意的方式。此外，泰國人重視和諧和避免直接衝突。在商業談判中，表達意見應委婉，避免直言不諱。決策過程可能較長，耐心是必要的。

When collaborating with Thai people, understanding local business etiquette is crucial for establishing good business relationships. Firstly, politeness and respect are core elements of Thai business culture. During the initial meeting, the traditional greeting "ไหว้ (wai)"—with hands joined and a slight bow—is a welcomed gesture, showing respect to the other party. The concept of time in Thai business culture is relatively flexible. Being punctual is a sign of politeness, but it is also important to understand and accommodate the other party's time arrangements. Meetings are typically conducted in an informal atmosphere, and starting with light conversation to build personal relationships is crucial for future cooperation.

When exchanging business cards, present and receive them with both hands, and take a moment to read the other person's card carefully to show respect. When addressing someone, use their title or add "คุณ (Khun)" before their surname as a sign of respect. Additionally, Thai people value harmony and avoiding direct confrontation. In business negotiations, opinions should be expressed tactfully, avoiding blunt statements. The decision-making process may take longer, so patience is necessary.

泰語起源
The origin of Thai / ที่มาของภาษาไทย

西元 1292 年在蘭甘亨大帝的碑銘上記載素可泰王朝（泰語：อาณาจักรสุโขทัย，皇家拉丁音譯：Anachak Sukhothai）的重大事蹟，其中一項即是他於西元 1283 年起仿照印度書寫文字，且參考古高棉文及孟文，並建立泰語的語言體系。

泰語的文法即是將中心語放在前方，修飾語（形容詞）放在後方，例如：認真的學生，在泰語中則是「學生＋認真的」，與中文語法恰好相反。但與中文相同的是句子和詞型沒有時態和數量的變化，透過調整語序或增加詞彙的方式來表示。例如：我已經讀完這本書，在泰語中不需要做動詞和時態變化，僅需要加上「已經」的詞彙。依據泰國皇家學院 (Royal Society of Thailand) 將泰國中部所使用的方言作為現代標準泰語，現在泰語字母共有 44 個子音、32 個母音、5 個聲調（4 個聲調符號）和 8 個尾音，書寫方式由左至右書寫。

The inscription of Ram Khamhaeng (พ่อขุนรามคำแหง) in 1292, records one of the important traces of the Sukhothai Dynasty (จังหวัดสุโขทัย) of the Ram Khamhaeng (พ่อขุนรามคำแหง). He established the Thai language system from ancient Khmer and Mongolian scripts.

The Thai grammar puts the head word in the front and the modifiers in the back. For example, "hardworking student" should be written as "student+harding" in Thai language. The grammer is similar to Chinese. Adjectives are placed after the modifier. There is no change in tense and number of word types. It can be expressed by adjusting word order or adding vocabulary. For example, "I have finished reading this book" in Thai. It doesn't need to change verb and tense changes, just add the vocabularies into the sentence. According to the Royal Society of Thailand, the various dialects used in central Thailand are used as modern standard Thai. Nowadays, the Thai alphabet has 44 consonants, 32 vowels and 5 tones (4 tones symbols), and 8 groups of consonant endings, the Thai alphabet is written from left to right.

CHAPTER 2

各課會話

Unit

บทที่

ภาษาแต่ละภาษาเป็นประตูสู่
โลกใหม่ เหมือนการสำรวจที่ไม่รู้จัก

每種語言是開啟新世界的門，
學習如探險未知。

Each language is a gateway to new worlds,
and learning is like exploring the unknown.

Unit 1

應徵面試
Apply for an interview / สมัครพร้อมสัมภาษณ์

會話 Conversation บทสนทนา

MP3 01-01

ก. สวัสดีครับ คุณอนงค์ เชิญนั่งครับ

sa2 wat2 di:1 khrap4   khun1   a2 nong1   cher:n1 nang3 khrap4

你好，安農小姐，請坐。
Hello Khun Anong, please take a seat.

ข. ขอบคุณค่ะ

khor:p2 khun1 kha3

謝謝您。
Thank you.

ก. มา ประเทศไทย กี่ วัน ครับ

ma:1   pra2   the:t3   thai1   ki:2   wan1   khrap4

來泰國幾天了呢？
How many days will you be in Thailand?

26

ข. ๑ สัปดาห์ แล้ว

nueng2 sap2 da:1　　lae:o4

已經來一星期了。
It's been a week.

ก. การออกเสียง ภาษาไทย ของ คุณ

ka:n1　or:k2　si:ang5　pha:1 sa:5　thai1　khor:ng5 khun1

ดีมาก คุณ เรียน ภาษาไทย มา

di:1 ma:k3　khun1　ri:an1　pha:1 sa:5　thai1　ma:1

นาน แค่ ไหน แล้ว

na:n1　khae:3　nai5　lae:o4

你的泰文發音很不錯,學泰文多久了呢?
Your Thai pronunciation is very good. How long have you been learning Thai?

ข. ฉัน เรียน สอง ปี แล้ว ทักษะ การฟัง

chan5　ri:an1　sor:ng5　pi:1　lae:o4　thak4 sa2　ka:n1　fang1

และ การพูด จะ ดี กว่า

lae4　ka:n1　phu:t3　ja2　di:1　kwa:2

我學了兩年,聽和說能力比較好。
I have studied for two years, and my listening and speaking skills are relatively good.

ข. ทำไม ถึง เลือก มา สมัครงาน ที่ ไทย

tham1 mai1 thueng5 lue:ak3 ma:1 sa2 mak2 nga:n1 thi:3 thai1

為什麼想來應徵泰國工作呢？
Why did you choose to apply for a job in Thailand?

ก. ฉัน ชอบ ประเทศไทย เพราะว่า เป็น

chan5 chor:p3 pra2 the:t3 thai1 phror4 wa:3 pen1

ประเทศ ที่ อบอุ่น และ สร้างสรรค์

pra2 the:t3 thi:3 op2 un2 lae4 sa:ng3 san5

我真的很喜歡泰國，一個溫暖而富有創造力的國家。
I really like Thailand, a warm and creative country.

ข. ทำไม คุณ ถึง ต้องการ ทำงาน ใน

tham1 mai5 khun1 thueng5 tor:ng3 ka:n1 tham1 nga:n1 nai1

บริษัท การค้า

bor:1 ri4 sat2 ka:n1 kha:4

為什麼您想來貿易公司工作呢？
Why do you want to work in a trading company?

ก. ฉันเรียน เอกบริหารธุรกิจ ใน บัณฑิต

chan5 ri:an1　　e:k2 bor:1 ri4 ha:n5 thu4 ra4 kit2 nai1　ban1　thit2

วิทยาลัย ดังนั้น ฉัน อยาก สั่งสม

wit4 tha4 ya:1 lai1 dang1 nan4　chan5　ya:k2　sang2 som5

ประสบการณ์ ใน ต่างประเทศ

pra2　sop2　ka:n1　　nai1　ta:ng2　pra2　the:t3

我在研究所主修企業管理，因此想到國外來累積自己的經驗。
I majored in business administration in graduate school, so I wanted to gain my experience abroad.

ข. คุณ คิด อย่างไร กับ การทำงาน

khun1　khit4　ya:ng2　rai1　kap2　ka:n1 tham1 nga:n1

您對工作的想法？
What are your thoughts on work?

ก. ฉัน คิดว่า สิ่ง สำคัญ คือ ต้อง

chan5　khit4 wa:3　sing2　sam5 khan1　khue:1　tor:ng3

ทำงาน หนัก และ เต็มใจ เป็นทีม

tham1 nga:n1　　nak2　　lae4　tem1　jai1　pen1　thi:m1

我認為努力工作和願意團隊合作是很重要的事情。
I think it's important to work hard and be willing to work as a team.

ข. ดีมาก ขอบคุณ ที่ มาวันนี้

di:1 ma:k3 khor:p2 khun1 thi:3 ma:1 wan1 ni:4

เรา จะ แจ้ง ให้ คุณ ทราบ อีก ครั้ง

rao1 ja2 jae:ng3 hai3 khun1 sa:p3 i:k2 khrang4

謝謝您今天來到，我們會再通知您。
Thank you for stopping by today, we will let you know again.

ก. ขอบคุณมากค่ะ

khor:p2 khun1 ma:k3 kha3

หวัง ว่า จะ ได้ ข่าวดี ใน เร็ว ๆ นี้

wang5 wa:3 ja2 dai3 kha:o2 di:1 nai1 reo1 reo1 ni:4

非常感謝您，希望早日得到好消息。
Thank you very much, hope to get good news soon.

本課詞彙 Vocabulary คำศัพท์

	泰文 Thai	拼音 Pinyin	中文 Chinese	英文 English
1	การออกเสียง	ka:n1 or:k2 si:ang5	發音	*pronunciation*
2	ทักษะ	thak4 sa2	能力	*skill*
3	การฟัง	ka:n1 fang1	聽力	*listening*
4	การพูด	ka:n1 phu:t3	口說	*speaking*
5	เลือก	lue:ak3	選擇	*to choose*
6	สมัครงาน	sa2 mak2 nga:n1	應徵	*apply for work*
7	อบอุ่น	op2 un2	溫暖的 熱情的	*warm*
8	สร้างสรรค์	sa:ng3 san5	創造	*to create*
9	เอก บริหารธุรกิจ	e:k2 bor:1 ri4 ha:n5 thu4 ra4 kit2	企業管理	*Major in Business Administration*

31

泰文 Thai	拼音 Pinyin	中文 Chinese	英文 English
10 บัณฑิตวิทยาลัย	ban1 thit2 wit4 tha4 ya:1 lai1	研究所	*person with a bachelor's degree; graduate; sage*
11 ดังนั้น	dang1 nan4	因此	*therefore*
12 สั่งสม	sang2 som5	累積	*to accumulate*
13 ประสบการณ์	pra2 sop2 ka:n1	經驗	*experience*
14 เต็มใจ	te:m1 jai1	願意	*be willing*
15 ข่าวดี	kha:o2 di:1	好消息	*good news*

相關詞彙 Related-vocabulary คำศัพท์ที่เกี่ยวข้อง

	泰文 Thai	拼音 Pinyin	中文 Chinese	英文 English
1	ขอโทษ	khor:5 tho:t3	對不起	Sorry; excuse me
2	ไม่เป็นไร	mai3 pen1 rai1	沒關係	it's okay
3	ไม่ต้องเกรงใจ	mai3 tor:ng3 kre:ng1 jai1	不客氣	you're welcome
4	ไม่ต้องห่วง	mai3 tor:ng3 hua:ng2	不用擔心	don't worry
5	ได้ / ไม่ได้	dai3 / mai3 dai3	能、可以 不能、不可以	can / can't
6	ใช่ / ไม่ใช่	chai3 / mai3 chai3	是的、 不是	yes; I agree / no; I don't agree
7	เข้าใจ	khao3 jai1	瞭解、知道	to understand
8	ไม่เข้าใจ	mai3 khao3 jai1	不瞭解、不知道	don't understand
9	เจอกันใหม่	jer:1 kan1 mai2	再見	see you again

33

常用句子 Sentences ประโยค

MP3 01-04

1. คุณ เคย สอบ วัดระดับภาษาไทย ไหม

   khun1   kher:i1   sor:p2   wat4 ra4 dap2 pha:1 sa:5 thai1   mai5

   您有考過泰語檢定嗎？
   Have you ever taken a Thai language test?

---

2. คุณ เคย ทำงาน ที่ ไหน

   khun1   kher:i1   tham1 nga:n1   thi:3   nai5

   您曾在哪裡工作過呢？
   Where have you worked?

---

3. คุณ คิดว่า คุณ สามารถ ทำอะไร ให้ บริษัท ได้ บ้าง

   khun1 khit4 wa:3 khun1 sa:5 ma:t3 tham1 a2 rai1
   hai3 bor:1 ri4 sat2 dai3 ba:ng3

   您覺得您可以為公司做什麼事情？
   What do you think you can do for the company?

---

4. จุดแข็ง และ จุดอ่อน ของ คุณ คืออะไร

   jut2 khae:ng5   lae4   jut2   or:n2   khor:ng5 khun1   khue:1 a2   rai1

   您的優點和缺點是什麼呢？
   What are your strengths and weaknesses?

34

5. คุณ เริ่มทำงาน ได้ เร็ว ที่สุด เมื่อไหร่

khun1　rer:m3 tham1 nga:n1　dai3　reo1　thi:3 sut2　mue:a3　rai2

您最快什麼時候可以開始工作？
When is the soonest you can start working?

---

6. คุณ มี งานอดิเรก ไหม

khun1　mi:1　nga:n1 a2 di2 rek2　　mai5

您有什麼嗜好嗎？
Do you have any hobbies?

---

7. ฉัน ชอบ อ่านหนังสือ ใน วันธรรมดา และ ชอบ ทำอาหาร ใน ช่วง วันหยุด

chan5 chor:p3 a:n2 nang5 sue:5 nai1 wan1 tha4 ma4 da:1
lae4 chor:p3 tham1 a:1 ha:n5 nai1 chu:ang3 wan1 yut2

我平時喜歡閱讀，假日時喜歡去做料理。
I usually like to read, and I like to cook during holidays..

---

8. ฉัน มี ความสามารถพิเศษ ใน ด้านการตลาด

chan5 mi:1 khwa:m1 sa:5 ma:t3 phi4 se:t2 nai1 da:n3 ka:n1 ta2 la:t2

我的專長是行銷方面。
My specialty is marketing.

Unit 2
工作會議
Work meeting / ประชุมการทำงาน

會話 Conversation บทสนทนา

MP3 02-01

ก. สวัสดีครับ วันนี้ เรา จะ พูดคุย เรื่อง
sa2 wat2 di:1 khrap4   wan1 ni:4   rao1   ja2   phu:t3 khui1   rue:ang3

อะไร ใน การประชุม ครั้ง นี้ ครับ
a2 rai1 nai1 ka:n1 pra2 chum1 khrang4 ni:4 khrap4

你好，我們今天開會討論什麼議題？
Hi, what are we discussing in today's meeting?

ข. เรา จะ พูดคุย เกี่ยวกับ แผนการเปิดตัว
rao1   ja2   phu:t3 khui1   ki:ao2 kap2   phae:n5 ka:n1 per:t2 tu:a1

ผลิตภัณฑ์ใหม่ ค่ะ
pha2 lit2 ta2 phan1   mai2   kha3

我們將討論新產品的推出計劃。
We will discuss the launch plan for the new product.

36

ก. ประมาณ เมื่อไหร่ ครับ

    pra2   ma:n1   mue:a3   rai2   khrpa4

大約在什麼時候？
When is it?

ข. คาด ว่า จะ เปิดตัว ใน ไตรมาส หน้า

    kha:t3 wa:3 ja2 per:t2 tua:1 nai1 trai1 ma:t3 na:3

預計在下個季度推出。
It is expected to launch in the next quarter.

ก. ลูกค้า เป้าหมาย คือ ใคร ครับ

  lu:k3 kha:4   pao3   ma:i5   khue:1 khai1   khrap4

目標客戶是誰呢？
Who is the target customer?

ข. สำหรับ ผู้ใหญ่ ที่ ชอบ อาหาร เพื่อ

   sam5 rap2 phu:3 yai2 thi:3 chor:p3 a:1 ha:n5 phue:a3

สุขภาพ และ การออกแบบ ค่ะ

  suk2 kha2 pha:p3 lae4   ka:n1 or:k2   bae:p2 kha3

設定在喜歡養身食品和設計感的成人。
It is set for adults who like healthy food and a sense of design.

ก. มี กลยุทธ์ การโฆษณา อะไรบ้าง ครับ
mi:1 kon1 la4 yut4　ka:n1 kho:3 sa2 na:1　a2　rai1　ba:ng3　khrap4

有哪些推廣策略？
What promotion strategies are there?

ข. จะ มี การโปรโมตทาง โซเชียลมีเดีย
ja2　mi:1　ka:n1　pro:1　mo:t2　tha:ng1　so:1　si:an1　mi:1 di:a1

ก่อน และ จะ มี การจัดกิจกรรม
kor:n2　lae4　ja2　mi:1　ka:n1　jat2　kit2　ja2　kam1

ใน ภายหลัง ค่ะ
nai1　pha:i1　lang5　kha3

會先在社交媒體宣傳和之後會辦實體活動。
There will be social media promotion first and activities will be held later.

ก. มี การจัดสรร งบประมาณ อย่างไร
mi:1　ka:n1　jat2　san5　ngop4 pra2　ma:n1　ya:ng2　rai1

預算如何分配？
How is the budget allocated?

ข. เรา จะ แบ่ง สรร งบประมาณ
rao1　ja2　bae:ng2　san5　ngop4 pra2　ma:n1

30%　สำหรับ การโฆษณา ค่ะ
sa:m5 sip2 per:1 sen1 sam5 rap2　ka:n1 kho:3 sa2 na:1　kha3

我們將分配 30% 的預算用於廣告。
We will allocate 30% of the budget for advertising.

ก. ต้อง พิจารณา ความเสี่ยง อะไร บ้าง

tor:ng3   phi4 ja:1ra4 na:1   khwa:m1 si:ang2   a2 rai1   ba:ng3

有哪些風險需要考慮呢？
What risks need to be considered?

ข. แรงกดดัน ด้าน การแข่งขัน

rae:ng1 kot2 dan1   da:n3   ka:n1 khae:ng2 khan5

คุณลักษณะ ของ ผู้บริโภค และ

khun1 na4 lak4 sa2 na4   khor:ng5   phu:3 bor:1 ri4 pho:k3 lae4

การเปลี่ยนแปลง ของ ตลาด

ka:n1   pli:an2   plae:ng1   khor:ng5   ta2 la:t2

競爭壓力、消費者特性和市場變化。
Competitive pressures, consumer characteristics and market changes.

ก. มี คำถาม หรือ ข้อเสนอแนะ อื่นๆไหม

mi:1 kham1 tha:m5 rue:5   khor:3 sa2 ner:5   nae4   ue:n2 ue:n2 mai5

還有其他問題或建議嗎？
Have any other questions or suggestions?

ข. จน ถึง ตอนนี้ ดี มาก

jon1   thueng5   tor:n1 ni:4 di:1 ma:k3

到目前都還順利。
So far so good.

39

本課詞彙 Vocabulary คำศัพท์

MP3 02-02

泰文 Thai	拼音 Pinyin	中文 Chinese	英文 English
1 เปิดตัว	per:t2 tu:a1	推出	to introduce; to launch a product
2 คาด	kha:t3	預計	to put around; to expect
3 ไตรมาส	trai1 ma:t3	季度	three months; quarter (of a year)
4 ลูกค้า	lu:k3 kha:4	客戶	customer
5 เป้าหมาย	pao3 ma:i5	目標	objective; target; aim; goal
6 กลยุทธ์	kon1 la4 yut4	策略	stratagem; maneuver
7 การโฆษณา	ka:n1 kho:3 sa2 na:1	廣告	advertising; propoganda
8 จัดสรร	jat2 san5	處理	to deal (property, personal)
9 งบประมาณ	ngop4 pra2 ma:n1	預算	budget
10 พิจารณา	phi4 ja:1 ra4 na:1	考慮	to consider; to appraise

	泰文 Thai	拼音 Pinyin	中文 Chinese	英文 English
11	ความเสี่ยง	khwa:m1 si:ang2	風險	*risks*
12	แรงกดดัน	rae:ng1 kot2 dan1	壓力	*pressure*
13	การแข่งขัน	ka:n1 khae:ng2 khan5	競爭	*competition; match*
14	คุณลักษณะ	khun1 na4 lak4 sa2 na4	特性、特質	*characteristic; property; quality*
15	ผู้บริโภค	phu:3 bor:1 ri4 pho:k3	消費者	*consumer*
16	ข้อเสนอแนะ	khor:3 sa2 ner:5 nae4	建議	*recommendation; suggestion*

41

相關詞彙 Related-vocabulary คำศัพท์ที่เกี่ยวข้อง

MP3 02-03

	泰文 Thai	拼音 Pinyin	中文 Chinese	英文 English
1	ประชุมประจำปี	pra2 chum1 pra2 jam1 pi:1	年會	annual meeting
2	ห้องประชุม	hor:ng3 pra2 chum1	會議室	meeting room
3	กำหนดการ	kam1 not2 ka:n1	議程	agenda
4	สรุปรายงาน	sa2 rup4 ra:i1 nga:n1	記錄	report summary
5	ตาราง	ta:1 ra:ng1	日程	schedule
6	แจ้งให้ทราบ	jae:ng3 hai3 sa:p3	通知	notify
7	ประกาศ	pra2 ka:t2	公告	announce
8	สถานที่	sa2 tha:n5 thi:3	地點	location / venue
9	ผู้ร่วม	phu:3 ru:am3	參與者	participant

泰文 Thai	拼音 Pinyin	中文 Chinese	英文 English
10 ขาดประชุม	kha:t2 pra2 chum1	缺席會議	absence of a meeting
11 เอกสาร	e:k2 ka2 sa:n5	文檔	document
12 ไฟล์แนบ	fai1 nae:p3	附加文件	attached file
13 การอภิปราย	ka:n1 a2 phip4 pra:i1	討論	resolution of the meeting
14 มติที่ประชุม	ma4 ti2 thi:3 pra2 chum1	決議	answer
15 ประเด็น	pra2 den1	觀點	the point at issue; a bone of contention
16 กรรมการ	kam1 ma4 ka:n1	委員會	committee
17 ประธาน	pra2 tha:n1	主席	chairperson
18 เลขานุการ	le:1 kha:5 nu4 ka:n1	秘書	secretary

43

常用句子 Sentences ประโยค

MP3 02-04

1. สวัสดีทุกคน ขอบคุณ ที่ มา ใน วันนี้

sa2 wat2 di:1 thuk4 khon1 khor:p2 khun1 thi:3 ma:1 nai1 wan1 ni:4

大家好，感謝大家今天的出席。
Hello, everyone, and thank you for being here today.

2. วัตถุประสงค์ ของ การประชุม ใน

wat4 thu2 pra2 song5 khor:ng5 ka:n1 pra2 chum1 nai1

วันนี้ คือ เพื่อ หารือ เกี่ยวกับ เนื้อหา

wan1 ni:4 khue:1 phue:a3 ha:5 rue:1 ki:ao2 kap2 nue:a4 ha:5

งาน ของ คดี ใหม่

nga:n1 khor:ng5 kha4 di:1 mai2

今天會議目的是討論新案的工作項目。
The purpose of today's meeting is to discuss the work items of the new case.

4. ขอ แสดง ความเห็น เรื่องนี้ ค่ะ

khor:5 sa2 dae:ng1 khwa:m1 hen5 rue:ang3 ni:4 kha3

我想就此事發表我的看法。
I'd like to share my opinion/view on this matter.

44

5. ฉัน เห็น ด้วย อย่างมาก ใน เรื่องนี้

   chan5   hen5   du:ai3   ya:ng2   ma:k3   nai1 rue:ang3 ni:4

我非常同意你。
I strongly agree with you.

---

6. มี ใคร มี ความเห็น / ตัวเลือกอื่นๆ

   mi:1 khrai1 mi:1 khwa:m1 hen5   tua:1 lue:ak3 ue:n2 ue:n2

จะ เสนอ อีก ไหม

  ja2   sa2 ner:5   i:k2   mai5

還有其他人有什麼想法 / 選項可以建議嗎？
Anyone else have any ideas/options to suggest?

---

7. เรา น่าจะ มี ข้อมูล เพิ่มเติม /

   rao1   na:3 ja2   mi:1 khor:3 mu:n1 pher:m3 ter:m1

อัพเดท ใน การประชุม ครั้ง หน้า

  ap2 de:t2   nai1   ka:n1   pra2 chum1 khrang4 na:3

我們可能會在下次會議上提供更多資訊 / 更新。
We will likely have more information/updates within the next meeting.

Unit 3

๓ 銀行開戶
Open a bank account / การเปิดบัญชีธนาคาร

會話 Conversation บทสนทนา

MP3 03-01

ก. สวัสดีค่ะ ท่าน จะ ทำ ธุระ อะไร คะ

sa2 wat2 di:1 kha3　tha:n3　ja2　tham1　thu4 ra4　a2　rai1　kha4

您好，請問您要辦什麼業務呢？
Hello, What business do you want to do?

ข. ผม อยาก เปิด บัญชี

phom5　ya:k2　per:t2　ban1 chi:1

我想開戶。
I want to open an account.

ก. ท่าน จะ เปิด บัญชี ประเภท ไหน คะ

tha:n3　ja2　per:t2　ban1 chi:1　pra2 phe:t3　nai5　kha4

您想開什麼帳戶呢？
What account do you want to open?

46

ข. เปิด บัญชี เงิน ฝาก

per:t2　ban1 chi:1　nger:n1　fa:k2

存款帳戶。
A deposit account.

ก. ค่ะ คุณ มี บัตรประจำตัวประชาชน

kha3　khun1　mi:1　bat2　pra2　jam1　tua:1　pra2　cha:1 chon1

หรือ หนังสือเดินทาง ไหม คะ

rue:5　nang5 sue:5 der:n1 tha:ng1　mai5　kha4

請問您有攜帶身分證或護照嗎？
Do you have an ID card or passport?

ข. มี และ ก็ อยาก เปิด บัตรเอทีเอ็ม ด้วย

mi:1　lae4　kor:3　ya:k2　per:t2　bat2　e:1 thi:1 em1　du:ai3

我有帶，我也想要辦一張 ATM 卡。
I have it and I want an ATM card too.

ก. กรุณา กรอก แบบฟอร์ม นี้ ก่อน ค่ะ

ka2 ru4 na:1　kror:k2　bae:p2 for:m1　ni:4　kor:n2　kha3

請先填寫這張表格。
Please fill out this form first.

ข.โอเค

  o:1 khe:1

Okay。
okay.

ก.กรุณา เซ็น ชื่อ ของ คุณ ตรงนี้ ค่ะ

ka2 ru4 na:1   sen1   chue:3 khor:ng5 khun1 trong1 ni:4 kha3

請在這裡簽名。
Please sign your name here.

ข.ขอบ คุณ ครับ

  khor:p2   khun1   khrap4

謝謝您。
Thank you.

ก.คุณ มี ตราประทับ ไหม

khun1 mi:1 tra:1   pra2 thap4   mai5

請問有帶印章嗎？
Do you have a seal?

ข.มี ครับ

mi:1 khrap4

有的。
I have it.

ก. ต้อง ช่วย คุณ เปิด ธนาคารออนไลน์
   tor:ng3 chu:ai3 khun1 per:t2 tha4 na:1 kha:n1 or:n1 lai1
ไหม คะ
   mai5 kha4

需不需要幫您開設網路銀行呢？
Do you need to help you open an online bank?

ข. ใช่ ตกลง

chai3 tok2 long1

好的，可以。
Yes, ok.

ก. หาก มี อะไร สงสัย ก็ ถาม ได้ ค่ะ
   ha:k2 mi:1 a2 rai1 song5 sai5 kor:3 tha:m5 dai3 kha3
นี่ คือ สมุด ของ คุณ ค่ะ
ni:3 khue:1 sa2 mut2 khor:ng5 khun1 kha3

如果您有任何問題，請隨時提出。這是您的存摺。
If you have any questions don't hesitate to ask. Here is your passbook.

49

本課詞彙 Vocabulary คำศัพท์

MP3 03-02

	泰文 Thai	拼音 Pinyin	中文 Chinese	英文 English
1	ธุระ	thu4 ra4	業務	*business*
2	บัญชี	ban1 chi:1	帳戶	*account*
3	ประเภท	pra2 phe:t3	種類	*type*
4	บัตรประจำตัวประชาชน	bat2 pra2 jam1 tu:a1 pra2 cha:1 chon1	身分證	*ID card*
5	หนังสือเดินทาง	nang5 sue:5 der:n1 tha:ng1	護照	*passport*
6	แบบฟอร์ม	bae:p2 for:m1	表格	*a form (document)*
7	ตราประทับ	tra:1 pra2 thap4	印章	*seal*
8	ธนาคารออนไลน์	tha4 na:1 kha:n1 or:n1 lai1	網路銀行	*online bank*

帳戶類型 Account type ประเภทบัญชี

	泰文 Thai	拼音 Pinyin	中文 Chinese	英文 English
1	บัญชีการเงิน	ban1 chi:1 ka:n1 nger:n1	銷售部	(financial) statement
2	บัญชีเงินฝากออมทรัพย์	ban1 chi:1 nger:n1 fa:k2 or:m1 sap4	儲蓄帳戶	Savings Account
3	บัญชีเงินฝากประจำ	ban1 chi:1 nger:n1 fa:k2 pra2 jam1	定期存款帳戶	Fixed Deposit Account
4	บัญชีบุคคล	ban1 chi:1 buk2 khon1	個人帳戶	Personal account
5	บัญชีธุรกิจ	ban1 chi:1 thu4 ra4 kit2	企業帳戶	business Account
6	บัญชีดิจิทัล	ban1 chi:1 di2 ji2 than4	數位帳戶	Factory Department
7	บัญชีเงินฝากเงินตราต่างประเทศ	ban1 chi:1 nger:n1 fa:k2 nger:n1 tra:1 tang2 pra2 the:t3	外幣存款帳戶	Foreign Currency Deposit Account

MP3 03-03

51

常用句子 Sentences ประโยค

MP3 03-04

1. **คุณ ต้องการ เปิด บัญชี เท่าไหร่**

    khun1 tor:ng 3 ka:n1 per:t2 ban1 chi:1 thao3 rai2

    您的開戶存款金是多少呢？
    How much will your opening deposit be?

---

2. **จะ สมัคร บัตรเอทีเอ็ม ด้วย ไหม**

    ja2 sa2 mak2 bat2 e:1 thi:1 e:m1 du:ai3 mai5

    您想申請 ATM 卡嗎？
    Would you like to apply for an ATM card?

---

3. **คุณ จะ ฝาก เงิน เท่าไหร่ ใน วันนี้**

    khun1 ja2 fa:k2 nger:n1 thao3 rai2 nai1 wan1 ni:4

    你今天想存多少錢呢？
    How much money would you like to deposit today?

---

4. **ผม อยาก ถอนเงิน จาก บัญชี**

    phom5 ya:k2 thor:n5 nger:n1 ja:k2 ban1 chi:1

    我想從帳戶中提款。
    I want to withdraw money from my account.

52

5. นี่ คือ หมายเลข บัญชี ของ ผม

ni:3　khue:1　　ma:i5　　le:k3　　ban1 chi:1 khor:ng5 phom5

這是我的帳號。
Here is my account number.

---

6. คุณ มี ธนบัตรใบย่อย กว่า นี้ ไหม

khun1　mi:1　tha4 na4 bat2 bai1 yor:i3　　kwa:2　ni:4　mai5

您有較小的鈔票嗎？
Do you have smaller banknotes?

---

7. คุณ ต้องการ ทำ รายการอื่น อีก หรือไม่

khun1　tor:ng3 ka:n1　tham1　ra:i1　ka:n1　ue:n2　i:k2　rue:5　mai3

您需要其他服務嗎？
Would you like another service?

---

8. ฉัน อยาก ต่อ สมุดบัญชีเล่มใหม่

chan5　　ya:k2　　tor:2　　sa2 mut2 ban1 chi:1 le:m3　mai2

我想更新一本新的帳簿。
I need to renew an account book.

Unit 4
尋找公寓
Looking for a condo / มองหาคอนโด

會話 Conversation บทสนทนา

MP3 04-01

ก. สวัสดีค่ะ ฉัน กำลัง มองหา คอนโด ที่
sa2 wat2 di:1 kha3　chan5　kam1 lang5　mor:ng1 ha:5　khor:n1　do:1　thi:3

จะ เช่า จึง พบ เบอร์ นี้ บน เว็บ
ja2　chao3　jueng1　phop4　ber:1　ni:4　bon1　wep4

อยากรู้ รายละเอียด เกี่ยวกับ คอนโด
ya:k2 ru:4　ra:i1　la4　i:at2　ki:ao2　kap2　khor:n1 do:1

您好，我正在尋找要租的 Condo，所以我在網上找到了這個號碼。
想瞭解更多詳情。
Hello, I'm looking for a condo to rent. So found your number on the web.
I want to know details about it.

ข. ใช่ คุณ มี สถานที่เจาะจง ใน ใจ ไหม
chai3　khun1　mi:1　sa2 tha:n5 thi:3 jor2　jong1　nai1　jai1　mai5

是的。您有具體的位置嗎？
Yes. Do you have a specific location in mind?

54

ข. ใกล้ สถานี เอกมัย

klai3 sa2 tha:5 ni:1 e:k2 ka2 mai1

靠近 EKKAMAI 捷運站附近。
Near EKKAMAI MRT station.

ก. งบ ประมาณ การเช่า เท่าไหร่

ngop4 pra2 ma:n1 ka:n1 chao3 thao3 rai2

租房預算多少呢？
How much is your rental budget?

ข. ประมาณ ๙ พัน ถึง ๑ หมื่น ๕ พัน

pra2 ma:n1 kao3 phan1 thueng5 nueng2 mue:n2 ha:3 phan

大約九千至一萬五。
About 9,000-15,000.

ก. สะดวก นัด กับ คุณ บ่าย นี้ ไหม

sa2 du:ak2 nat3 kap2 khun1 ba:i2 ni:4 mai5

今天下午方便跟您約嗎？
Is it convenient to make an appointment with you this afternoon?

ข. ครับ เจอกันที่ ร้านกาแฟ ตอน บ่าย สอง โมง

khap4 jer:1 kan1 thi:3 ra:n4 ka:1 fae:1 tor:n1 ba:i2 sor:ng5 mo:ng1

可以，下午兩點在咖啡廳見面。
Yes, meet at the coffee shop at two o'clock in the afternoon.

在咖啡廳 In the cafe ในร้านกาแฟ

ก. สวัสดีค่ะ ฉัน ชื่อ พิมพ์ ค่ะ

sa2 wat2 di:1 kha3 chan5 chue:3　　pim1　　kha3

ยินดี ที่ ได้ รู้จัก ค่ะ

yin1 di:1　thi:3　dai3　ru:4 jak2　kha3

您好，我是 Pim，很高興認識你。
Hello, my name is Pim. Nice to meet you.

ข. ผม ชื่อ พรต นี่ คอนโด ๓ แห่ง

phom5　chue:3　phrot4　ni:3　khor:n1　do:1　sa:m5　hae:ng3

ที่ แนะนำ สำหรับ คุณ ลอง ดู ก่อน

thi:3　nae4　nam1　sam5　rap2　khun1　lor:ng1 du:1 kor:n2

我是 Prot。這裡有三家 condo 推薦給您，先看看。
My name is Prot. Here are 3 recommended condos for you. Take a look.

ก. ดู ดี มาก ทั้ง คู่ มี สระว่ายน้ำและ

du:1 di:1 ma:k3　thang4 khu:3　mi:1　sa2　wa:i3　nam4　lae4

ห้องออกกำลังกาย

hor:ng3　or:k2　kam1 lang1 ka:i1

看起來很不錯，都有游泳池和健身房。
Looks great, both have swimming pools and gyms.

ข. ทั้ง ๒ อย่าง เป็น อุปกรณ์ พื้นฐาน
thang4 sor:ng5 ya:ng2   pen1   u2 pa2 kor:n1   phue:n3 tha:n5

คาด ว่า จะ ย้าย เข้า เมื่อไหร่
kha:k3   wa:3   ja2   ya:i4   khao3   mue:a3 rai2

它們都是公寓的基本設備。預計何時要入住呢？
Both of them are the basic equipment of the Condo. When do you expect to move in?

ก. ประมาณ กันยายน อยากดู คอนโดนะ
pra2   ma:n1   kan1 ya:1 yon1   ya:k2   du:1 khor:n1 do:1 na4

預計九月，我想看看這間。
in September, I want to see this.

ข. ไป ดู คอนโด ใน ภายหลัง ได้ ไหม
pai1   du:1 khor:n1 do:1   nai1   pha:i1   lang5   dai3   mai5

待會兒去看公寓可以嗎？
Can you go see the condo later?

ก. ได้สิ ขอบคุณมาก
dai3 si2   khor:p2 khun1 ma:k3

好啊，非常感謝！
Okay, thank you very much!

本課詞彙 Vocabulary คำศัพท์

MP3 04-02

	泰文 Thai	拼音 Pinyin	中文 Chinese	英文 English
1	รายละเอียด	ra:i1 la4 i:at2	細節	detail; price list; brochure
2	ตำแหน่ง	tam1 nae:ng2	位置	position; post; rank
3	งบประมาณ	ngop4 pra2 ma:n1	預算	budget
4	แนะนำ	nae4 nam1	推薦	to introduce; to suggest; to recommend
5	สระว่ายน้ำ	sa2 wa:i3 nam4	游泳池	swimming pool
6	ห้องออกกำลังกาย	hor:ng3 or:k2 kam1 lang1 ka:i1	健身房	gym
7	อุปกรณ์พื้นฐาน	u2 pa2 kor:n1 phue:n3 tha:n5	基本設備	basic equipment
8	ย้าย	ya:i4	搬、移動	to move; to transfer

相關詞彙 Related-vocabulary คำศัพท์ที่เกี่ยวข้อง

MP3 04-03

	泰文 Thai	拼音 Pinyin	中文 Chinese	英文 English
1	ค่าเช่า	kha:3 chao3	房租	rent
2	ผู้ให้เช่า	phu:3 hai3 chao3	房東	lessor
3	ผู้เช่า	phu:3 chao3	租客	tenant
4	หน่วยงานที่อยู่อาศัย	nu:ai2 nga:n1 thi:3 yu:2 a:1 sai5	房屋仲介	Real estate agent
5	เงินประกัน	nger:n1 pra2 kan1	押金	Security deposit
6	สัญญาเช่า	san5 ya:1 chao3	租賃合約	rental contract
7	ระยะเวลาสัญญา	ra4 ya4 we:1 la:1 san5 ya:1	合約期限	Lease term
8	ค่าบริการจัดการ	kha:3 bor:1 ri4 ka:n1 jat2 ka:n1	管理費	Management fee

常用句子 Sentences ประโยค

MP3 04-04

1. คุณ อยาก อยู่ ย่าน ไหน

   khun1   ya:k2   yu:2   ya:n3   nai5

   你想在哪一個區域的 condo?
   Which area do you want to live in?

---

2. คุณ ต้องการ กี่ ห้องนอน

   khun1   tor:ng3   ka:n1   ki:2   hor:ng3   nor:n1

   你想要幾間臥室？
   How many bedrooms do you want?

---

3. เงื่อนไข ใน การเช่า เป็นอย่างไร

   ngue:an3 khai5 nai1   ka:n1   chao3   pen1   ya:ng2   rai1

   租房條件如何？
   What about the condition to rent?

---

4. สัญญาเช่า ขั้น ต่ำ ๑ ปี และ ต้อง ชำระประกัน ๒ เดือน

   san5 ya:1 chao3 khan3 tam2 nueng2 pi:1 lae4
   tor:ng3 cham1 ra4 pra2 kan1 sor:ng5 due:an1

   我們接受至少一年的合約和兩個月的訂金。
   We accept at least a one-year agreement and a two-month deposit.

60

5. ต้องการ เช่า นานแค่ไหน

   tor:ng3 ka:n1   chao3   na:n1   khae:3 nai5

   你想租多久？
   How long do you want to rent?

6. คุณ ยอมรับ การเช่าระยะสั้น หรือไม่

   khun1   yor:m1 rap4   ka:n1 chao3   ra4 ya4   san3   rue:5 mai3

   你們接受短租嗎？
   Do you accept short-term (monthly) rent?

7. อนุญาต ให้ มี สัตว์เลี้ยง ไหม

   a2 nu4   ya:t3   hai3 mi:1   sat2   li:ang4   mai5

   允許飼養寵物嗎？
   Are pets allowed?

8. คอนโด นี้ มี ที่จอดรถ ให้ ไหม

   khor:n1 do:1 ni:4 mi:1 thi:3 jor:t2 rot4   hai3   mai5

   這間公寓提供停車位嗎？
   Does this condo provide parking spaces?

61

Unit 5
租車自駕
Rent a car / เช่ารถ

會話 Conversation บทสนทนา

MP3 05-01

ก. ผม อยาก เช่ารถ

phom5　　ya:k2　　chao3　rot4

我想租一輛汽車。
I would like to rent a car.

ข. เป็น ระยะ เวลา นานเท่าไร

pen1　　ra4 ya4　　we:1 la:1　　na:n1　thao3 rai1

想要租借多久呢？
For how long would like it?

ก. อยาก เช่า 5 วัน

　　ya:k2　　chao3　ha:3　wan1

我想要租五天。
I would like it for five days.

ข. คุณ มี ใบขับขี่ หรือเปล่า

khun1　mi:1 bai1 khap2 khi:2　　rue:5　　plao2

你有駕照嗎？
Do you have a driver's license?

62

ก. มี ใบขับขี่สากล

mi:1　bai1　khap2 ki:2 sa:5 kon1

有的，我有國際駕照。
Yes, I have an international driver's license.

ข. ต้องการ รถ แบบ ไหน

tor:ng3　ka:n1　rot4　bae:p2　nai5

您想要什麼樣的車呢？
What kind of car would you like?

ก. อยาก เช่า รถคันเล็ก

ya:k2　chao3　rot4 khan1 lek4

我想要一輛小型車。
I would like a small car.

ข. ได้ ค่าเช่า วัน ละ 1000 บาท

dai3　kha:3 chao3　wan1　la4　nueng2 phan1　ba:t1

租金為每天 1000 泰銖。
The rental fee is 1000 baht per day.

ก. เงินมัดจำ เท่าไหร่

nger:n1 mat4 jam1　thao3　rai2

押金多少錢呢？
How much is the deposit?

ข. ๒ พัน บาท

sor:ng5 phan1 ba:t2

押金是 2000 泰銖。
The deposit is 2,000 baht.

ก. ขอ ลอง ขับ ก่อน ได้ไหม

khor:5 lor:ng1 khap2 kor:n2 dai3 mai5

可以試車嗎？
Can I test drive the car?

ข. ได้สิ

dai3 si2

可以
Okay.

ก. ผม จำเป็น ต้อง ซื้อ ประกันภัย ไหม

phom5 jam1 pen1 tor:ng3 sue:4 pra2 kan1 phai1 mai5

我需要購買保險嗎？
Do I need to buy insurance?

ข. ไม่ต้อง ประกันภัย รวม อยู่ ใน ราคาเช่า แล้ว

mai3 tor:ng3 pra2 kan1 phai1 ru:am1 yu:2 nai1 ra:1 kha:1 chao3 lae:o4

不用，保險已包含在租金內了。
No, the insurance is included in the total price.

64

ก. ต้อง เติม น้ำมันเต็มถัง ก่อน คืนรถไหม

tor:ng3   ter:m1   nam4 man1 tem1 thang5   kor:n2   khue:n1 rot4 mai5

還車前需要給車加滿油嗎？
Do I need to fill up the car with fuel before returning it?

ข. ไม่ต้อง กรุณา คืนรถ ให้ ตรง เวลา ภาย ใน ระยะ เวลา เช่า

mai3 tor:ng3   ka2 ru4 na:1 khue:n1 rot4 hai3 trong1 we:1 la:1 pha:i1 nai1 ra4 ya4 we:1 la:1 chao3

不用，請準時在租期內還車。
No, please return the car on time within the rental period.

ถ้า คุณ มี ปัญหา ใด เกี่ยวกับ รถ โทร มา ได้ ที่ เบอร์นี้ ก่อน

tha:3 khun1 mi:1 pan1 ha:5 dai1 ki:ao2 kap2 rot4 tho:1 ma:1 dai3 thi:3 ber:1 ni:4 kor:n2

如果車有任何問題，請撥打這個號碼。
If you have any problems with the car, please call at this number first.

ก. ขอบคุณนะ

khor:p2 khun1 na4

謝謝您。
thank you.

65

本課詞彙 Vocabulary คำศัพท์

MP3 05-02

	泰文 Thai	拼音 Pinyin	中文 Chinese	英文 English
1	ระยะ	ra4 ya4	一段時間、距離	a space; interval or separation (as in punctuation); a period; a stage; distance; time
2	ใบขับขี่	bai1 khap2 khi:3	駕照	driver's license
3	ค่าเช่า	kha:3 chao3	租金	rental fee
4	เงินมัดจำ	nger:n1 mat4 jam1	押金	deposit (as part of payment)
5	จำเป็น	jam1 pen1	必要、必須	is necessary; essential; required; to need to (do something)
6	เติม	ter:m1	加滿	to fill; to pour; to add to
7	คืนรถ	khue:n1 rot4	還車	return the car
8	ปัญหา	pan1 ha:5	問題	problems

相關詞彙 Related-vocabulary คำศัพท์ที่เกี่ยวข้อง

MP3 05-03

	泰文 Thai	拼音 Pinyin	中文 Chinese	英文 English
1	ใบขับขี่ระหว่างประเทศ	bai1 khap2 khi:3 ra4 wa:ng2 pra2 the:t3	國際駕照	International driver's license
2	เติมน้ำมัน	ter:m1 nam4 man1	加油	add fuel
3	กฎจราจร	kot2 ja2 ra:1 jor:n1	交通規則	traffic rules
4	สัญญาณจราจร	san5 ya:n1 ja2 ra:1 jor:n1	交通標誌	traffic signs
5	ที่จอดรถ	thi:3 jor:t2 rot4	停車場	parking lot
6	ค่าจอดรถ	kha:3 jor:t2 rot4	停車費用	parking fees
7	ทางหลวง	tha:ng1 lu:ang5	高速公路	highway
8	รถติด	rot4 tit2	塞車	traffic jam

67

常用句子 Sentences ประโยค

MP3 05-04

1. ขอ รถ ที่ มี ระบบนำทาง หน่อย

   khor:5   rot4   thi:3   mi:1   ra4   pop2   nam1   tha:ng1   nor:i2

   請給我一輛有導航系統的車。
   Please give me a car with a navigation system.

2. ขอ รถ ที่ มี เบาะ นั่ง เด็ก ปลอดภัย

   khor:5   rot4   thi:3   mi:1   bor2   nang3   dek2   plor:t2   phai1

   請給我一輛有兒童安全座椅的車。
   Please give me a car with a child safety seat.

3. ผม ต้องการ เช่ารถ รถยนต์ เกียร์ อัตโนมัติ

   phom5   tor:ng3 ka:n1   chao3 rot4   rot4 yon1   ki:a1   at2 ta2 no:1 mat4

   我想租一輛自動車。
   I want to rent an automatic transmission car.

4. ฉัน ต้อง ลงเซ็น สัญญาเช่ารถ ไหม

   chan5   tor:ng3   long1 sen1   san5   ya:1   chao3   rot4   mai5

   我需要簽署租車合約嗎？
   Do I have to sign a car rental contract?

5.

ฉัน สามารถ คืนรถ ใน เมืองอื่น ได้ ไหม

chan5   sa:5   ma:t3   khue:n1 rot4   nai1   mue:ang1 ue:n2   dai3   mai5

我可以在其他城市還車嗎？
Can I return the car in a different city?

6.

ถ้า รถ เสีย ผม ควร ทำ อย่าง ไร

tha:3   rot4   si:a5   phom5   khu:an1   tham1   ya:ng2   rai1

如果車子出現故障，該怎麼辦？
What should I do if the car breaks down?

7.

เรา มี รถเก๋ง รถยนต์อเนกประสงค์ รถกระบะ รถตู้

rao1 mi:1 rot4 ke:ng5 rot4 yon1 a2 ne:k2 pra2 song5

rot4 kra2 ba2 rot4 tu:3

我們有轎車、SUV、皮卡車和貨車。
We have sedans, SUVs, pickup trucks, and vans.

8.

กรุณา เซ็น ชื่อ ที่ เอกสาร นี้

ka2 ru4 na:1   sen1   chue:3   thi:3   e:k2 ka2 sa:n5   ni:4

請在文件上簽名。
Please sign this document.

Unit 6

工廠生產
Factory production / โรงงานผลิต

會話 Conversation บทสนทนา

MP3 06-01

ก. สวัสดีครับ คุณ ดูแล แผนก ไหน ครับ

sa2 wat2 di:1 khrap4　khun1　du:1 lae:1　pha2 nae:k2　nai5　khrap4

你好，請問你負責哪個部門的呢？
Hello, which department are you in charge of?

ข. ฉัน รับผิดชอบ แผนกประกอบ ค่ะ

chan5　rap4 phit2 chor:p3　pha2 nae:k2　pra2　kor:p2　kha3

我負責的是組裝部門。
I'm in charge of the assembly department.

ก. มี อะไร ต้อง ช่วยเหลือ ไหม ครับ

mi:1　a2 rai1　tor:ng3　chu:ai3　lue:a5　mai5　khrap4

有什麼需要幫忙的嗎？
Is there anything I can do for you?

ข. เรา พบว่า ผลิตภัณฑ์ บางส่วน
　　rao1　phop4 wa:3　pha2 lit2 ta2 phan1　bang1　su:an2

มี ข้อบกพร่อง จึง ต้อง ปรับ ตาราง
mi:1　khor:3 bok2 phrong3　jueng1　tor:ng3　prap2　ta:1 ra:ng1

การผลิต ค่ะ
ka:n1 pha2 lit2　kha3

我們發現部分產品出現瑕疵，所以需要調整生產進度。
We've found defects in some products,
so we need to adjust the production schedule.

ก. เกิด จาก สาเหตุ อะไร ครับ
　　ker:t2　ja:k2　sa:5 he:t2　a2 rai1　kharp4

是什麼原因造成的呢？
What caused it?

ข. เรา สันนิษฐาน ว่า เกิด จาก ความผิด
　　rao1　san5 nit4 tha:n5　wa:3　ker:t2　ja:k2　khwa:m1 phit4

พลาด กลไก ระหว่าง การผลิต ค่ะ
phla:t2　kon1 kai1　ra2 wa:ng2　ka:n1 pha2 lit2　kha3

我們推測是生產過程中的機械故障導致的。
We speculate that it was caused by a mechanical failure during production.

ก. โอเคครับ ผม จะ ติดต่อ ช่างซ่อม

    o:1 khe:1 khrap4 phom5 ja2 tit2 tor:2 cha:ng3 sor:m3

ทันที เพื่อ ซ่อมแซม ครับ

    than1 thi:1 phue:a3 sor:m3 sae:m1 khrap4

好的，我會立即聯繫維修人員進行修復。
Alright, I will contact the maintenance personnel for repairs immediately.

ข. ขอบคุณ มาก ค่ะ สำหรับ

    khor:p2 khun1 ma:k3 kha3 sam5 rap4

ความช่วยเหลือ นอกจาก นี้ เรา

    khwa:m1 chu:ai3 lue:a5 nor:k3 ja:k2 ni:4 rao1

ต้องการ คน มาก ขึ้น ใน การจัดการ

    tor:ng3 ka:n1 khon1 ma:k3 khuen3 nai1 ka:n1 jat2 ka:n1

非常感謝你的協助。另外，我們還需要更多的人手來處理。
Thank you very much for your assistance. Additionally, we need more manpower to handle it.

ก. ไม่ มี ปัญหา ครับ

    mai3 mi:1 pan1 ha:5 khrap4

沒問題。
No problem.

ก. ผม จะ ประสาน งาน กับ แผนก อื่นๆ

phom5　ja2　　pra2　sa:n5　　nga:n1　kap2　pha2 nae:k2　ue:n2 ue:n2

เพื่อ จัดสรร แรงงาน มา ช่วย คุณ ครับ

phue:a3　jat2　san5　rae:ng1 nga:n1　ma:1　chu:ai3　khun1　khrap4

我會協調其他部門調派人手過來支援你們。
I will coordinate with other departments to allocate manpower to support you.

ข. ยัง มี อย่าง อื่น อีก หนึ่ง

yang1　mi:1　ya:ng2　ue:n2　i:k2　nueng2

เรา ต้องการ วัตถุดิบ เพิ่มเติม

rao1　tor:ng3 ka:n1　wat2 thu2 dip2　pher:m3 ter:m1

เพื่อ เติม สินค้า คงคลัง

phue:a3　ter:m1　sin5 kha:4　khong1 khlang1

還有一件事，我們需要更多的原材料來補充庫存。
There's one more thing, we need more raw materials to replenish the inventory.

ข. ผม จะ ติดต่อ แผนกจัดซื้อ ทันที ครับ

phom5　ja2　　tit2 tor:2　pha2 nae:k2 jat2 sue:4　than1 thi:1　khrap4

我會立即聯繫採購部門。
I will contact the procurement department immediately.

本課詞彙 Vocabulary คำศัพท์

MP3 06-02

	泰文 Thai	拼音 Pinyin	中文 Chinese	英文 English
1	รับผิดชอบ	rap4 phit2 chor:p3	負責	to be responsible
2	ประกอบ	pra2 kor:p2	組裝	to combine; to build; to assemble
3	เหลือ	lue:a5	剩餘	be leftover; left over
4	ผลิตภัณฑ์	pha2 lit2 ta2 phan1	產品	product
5	บางส่วน	bang1 su:an2	部分	certain parts; in part
6	ข้อบกพร่อง	khor:3 bok2 phrong3	瑕疵	fault; flaw; error
7	ตาราง	ta:1 ra:ng1	時程	schedule; timetable; grid
8	สาเหตุ	sa:5 he:t2	原因	cause
9	สันนิษฐาน	san5 nit4 tha:n5	推測	to surmise; to suppose; to guess
10	พลาด	phla:t3	錯過	to miss; to err; to trip

泰文 Thai	拼音 Pinyin	中文 Chinese	英文 English
11 กลไก	kon1 kai1	機器、設備	*mechanism; device*
12 ติดต่อ	tit2 tor:2	聯繫	*to contact; to communicate*
13 ช่างซ่อม	cha:ng3 sor:m3	維修人員	*repairman; repair person*
14 ทันที	than1 thi:1	立即	*product*
15 ซ่อมแซม	sor:m3 sae:m1	修復	*to renovate to fix an object*
16 นอกจาก	nor:k3 ja:k2	除了～以外	*except; other than...; besides; not only*
17 การจัดการ	ka:n1 jat2 ka:n1	管理、處理	*management; handling*
18 ประสาน	pra2 sa:n5	協調	*to join; to connect*
19 วัตถุดิบ	wat2 thu2 dip2	材料	*raw material*
20 คงคลัง	khong1 khlang1	存貨	*inventory*

相關詞彙 Related-vocabulary คำศัพท์ที่เกี่ยวข้อง

MP3 06-03

	泰文 Thai	拼音 Pinyin	中文 Chinese	英文 English
1	โรงงาน	ror:ng1 nga:n1	工廠	*factory*
2	คนงาน	khon1 nga:n1	工人	*worker*
3	การผลิต	ka:n1 pha2 lit2	生產	*production*
4	การตรวจสอบ	ka:n1 tru:at2 sor:p2	檢測	*inspection*
5	ขัดข้อง	khat2 khor:ng3	故障	*malfunction*
6	การทดสอบ	ka:n1 thot3 sor:p2	測試	*testing*
7	การปรับปรุง	ka:n1 prap4 prung1	調整	*adjustment*
8	สินค้าคงคลัง	sin5 kha:4 khong1 khlang1	庫存	*inventory*
9	ต้นทุน	ton3 thun1	成本	*cost*
10	อุปกรณ์	u2 pa2 kon1	設備	*equipment*

	泰文 Thai	拼音 Pinyin	中文 Chinese	英文 English
11	การดำเนินการ	ka:n1 dam1 ner:n1 ka:n1	操作	*operation*
12	ปริมาณการผลิต	pa2 ri4 ma:n1 ka:n1 pha2 lit2	生產量	*production volume*
13	อัตโนมัติ	at2 ta2 no:1 mat4	自動化	*automation*
14	ประสิทธิภาพการผลิต	pra2 sit2 thi4 pha:p3 ka:n1 pha2 lit2	生產效率	*production efficiency*
15	ตารางการผลิต	ta:1 ra:ng1 ka:n1 pha2 lit2	生產排程	*production schedule*
16	โซ่อุปทาน	so:3 u2 pa2 tha:n1	供應鏈	*supply chain*
17	ความต้องการในตลาด	khwa:m1 tor:ng3 ka:n1 nai1 ta2 la:t2	市場需求	*market demand*
18	ของเสีย	khor:ng5 si:a5	廢料	*waste*

常用句子 Sentences ประโยค

MP3 06-04

1. สถานะ การผลิตสินค้า ราย นี้ เป็น อย่าง ไร บ้าง

sa2 tha:5 na4 ka:n1 pha2 lit2 sin5 kha:4 ra:i1 ni:4 pen1 yang2 rai1 bang3

這個產品的生產進度如何？
What is the production progress of this product?

2. เกิด ปัญหาใดๆ ใน การผลิต หรือไม่

ker:t2 pan1 ha:5 dai1 dai1 nai1 ka:n1 pha2 lit2 rue:5 mai3

有沒有遇到任何生產問題？
Have there been any production issues?

3. ขั้น ตอนนี้ ควร ดำเนินการ อย่างไร

khan4 tor:n1 ni:4 khu:an1 dam1 ner:n1 ka:n1 ya:ng2 rai1

這個步驟應該如何操作？
How should this step be performed?

4. กรุณา ช่วย ปรับ การตั้งค่าเครื่อง

ka2 ru4 na:1 chu:ai3 prap4 ka:n1 tang3 kha:3 khrue:ang3

請幫忙調整機器設定。
Please help to adjust the machine settings.

5. # โรงงาน จัดกะ อย่างไร

ror:ng1 nga:n1   jat2 ka2   ya:ng2 rai1

工廠怎麼排班的呢？
How does the factory schedule its shifts?

---

6. # มี ระบบ เลื่อน หรือไม่

mi:1 ra4 bop2 lue:an3   rue5 mai3

有輪班制度嗎？
Is there a shift system?

---

7. # ปกติ คุณ ต้อง ทำงาน ล่วง เวลา หรือไม่

pa2 ka2 ti2 khun1 tor:ng3 tham1 nga:n1 lu:ang3 we:1 la:1 rue:5 mai3

平時需要加班嗎？
Do you usually need to work overtime?

---

8. # โรงงาน มี ประกันแรงงาน และ ประกันสุขภาพ คนงาน หรือไม่

ror:ng1 nga:n1 mi:1 pra2 kan1 rae:ng1 nga:n1 lae4

pra2 kan1 su2 kha2 pha:p3 khon1 nga:n1 rue:5 mai3

工廠有幫工人辦勞健保嗎？
Does the factory provide workers with labor health insurance?

Unit 7

๗ 農產食品
Agricultural products / ผลิตภัณฑ์ทางการเกษตร

會話 Conversation บทสนทนา

MP3 07-01

ก. สวัสดีครับ เรา สนใจ นำเข้าผลิตภัณฑ์

sa2 wat2 di:1 khrap4   rao1   son5 jai1   nam1 khao3 pha2 lit2 ta2 phan1

ทางการเกษตร จาก ประเทศไทย

tha:ng1 ka:n1 ka2 se:t2   ja:k2   pra2 the:t3 thai1

คุณ สามารถ ให้ ข้อมูล เพิ่มเติม ได้ไหม

khun1 sa:5 ma:t3   hai3 khor:3 mu:n1 pher:m2 ter:m1 dai3 mai5

你好，我們有興趣進口泰國的農產品，可以提供詳細資訊嗎？
Hello, we are interested in importing agricultural products from Thailand. Can you provide detailed information?

ข. แน่นอน ค่ะ

nae:3   nor:n1   kha3

當然可以。
Of course, yes.

80

ข. เรา มี สินค้า ให้ เลือก หลากหลาย

rao1 mi:1 sin5 kha4 hai3 lue:ak3 la:k2 la:i5

ทั้งผลไม้ ผัก และ ธัญพืช ค่ะ

thang4 phon5 la4 mai4 phak2 lae4 than1 ya4 phue:t3 kha3

我們有多種產品可以選擇，包括水果、蔬菜和穀物。
We have a variety of agricultural products to choose from, including fruits, vegetables, and cereals.

ก. อยาก ทราบ ช่วง ราคา และ ปริมาณ

ya:k2 sa:p3 chu:ang3 ra:1 kha:1 lae4 pa2 ri4 ma:n1

การสั่งซื้อ ผลไม้อบแห้ง และ ข้าวหอม

ka:n1 sang2 sue:4 phon4 la4 mai4 op2 hae:ng3 lae4 kha:o3 hor:m5

我想瞭解果乾、果醬和香米的價格範圍和訂購量。
I would like to know the price range and order quantity for dried fruit, jam and rice.

ข. นี่ คือ ข้อมูล การสั่งซื้อสินค้า ค่ะ

ni:3 khue:1 khor:3 mu:n1 ka:n1 sang2 sue:4 sin5 kha:4 kha3

這是商品訂購的資訊。
This is information for product ordering.

ก. คุณ สามารถ จัดตัวอย่าง ได้ ไหม คะ

khun1　sa:5　ma:t3　jat2　tu:a1　ya:ng2　dai3　mai5　kha4

請問可以提供樣品嗎？
Can you provide samples?

ข. ได้ค่ะ คุณ สนใจ สินค้า และ รสชาติ

dai3 kha3　khun1　son5 jai1　sin5 kha:4　lae4　rot4 cha:t3

ชนิด ไหน คะ

cha2 nit2　nai5　kha4

可以，請問您對哪些商品和口味有興趣呢？
Yes, which products and flavors are you interested in?

ก. ผม สนใจ ขนุนอบแห้ง มังคุดอบแห้ง

phom5　son5 jai1　kha2 nun5 op2 hae:ng3　mang1 khut4 op2 hae:ng3

และ ข้าวกล้อง ข้าวหอมผสมควินัว

lae4　kha:o3 klor:ng3　kha:o3 hor:m5 pha2 som5 khio1 nu:a1

我對波羅蜜果乾、山竹果乾、糙米和藜麥香米有興趣。
I'm interested in dried jackfruit, dried mangosteen, brown rice, and quinoa rice.

ข. โปรด ระบุที่อยู่ ใน การจัดส่ง จะ ใช้

    pro:t2   ra4 bu2 thi:3 yu:2   nai1   ka:n1 jat2 song2   ja2   chai4

เวลา ประมาณ 3 ถึง 5 วันทำการ

    we:1 la:1   pra2 ma:n1   sa:m5   thueng5   ha:3   wan1 tham1 ka:n1

請提供收件地址，寄送時間約為 3 至 5 個工作日。
Please provide the delivery address, the delivery time is about 3 to 5 working days.

ก. ขอบคุณครับ รอคอย ที่ จะ ติดตาม

    khor:p2 khun1 khrap4   ror:1 khor:i1   thi:3   ja2   tit2 ta:m1

เรื่อง ความร่วมมือ

    rue:ang3   khwa:m1 ru:am3 mue:1

謝謝！期待後續的合作事宜。
Thanks! Looking forward to the follow-up cooperation matters.

ข. ขอบคุณ มาก สำหรับ การสนับสนุน

    khor:p2 khun1   ma:k3   sam5 rap4   ka:n1 sa2 nap2 sa2 nun5

ของ คุณ ค่ะ

    khor:ng5 khun1   kha3

非常感謝您的支持。
Thank you very much for your support.

本課詞彙 Vocabulary คำศัพท์

MP3 07-02

	泰文 Thai	拼音 Pinyin	中文 Chinese	英文 English
1	นำเข้าผลิตภัณฑ์	nam1 khao3 pha2 lit2 ta2 phan1	進口產品	*import products*
2	เกษตร	ka2 se:t2	農業	*agriculture*
3	ธัญพืช	than1 ya4 phue:t3	穀物	*cereal*
4	ปริมาณ	pa2 ri4 ma:n1	數量	*amount; quantity; supply*
5	ตัวอย่าง	tua1 ya:ng2	樣品	*example; sample*
6	ชนิด	cha2 nit2	類型	*class; sort; type*
7	ขนุนอบแห้ง	kha2 nun5 or:p2 hae:ng3	波羅蜜果乾	*dried jackfrui*
8	ข้าวกล้อง	kha:o3 klor:ng3	糙米	*brown rice*
9	ผสม	pha2 som5	推測	*to combine; to mix*
10	ควินัว	khio1 nua1	藜麥	*quinoa*

84

泰文 Thai	拼音 Pinyin	中文 Chinese	英文 English
11 ระบุ	ra4 bu2	指定	to specifically mention
12 ที่อยู่	thi:3 yu:2	地點	address
13 ติดตาม	tit2 ta:m1	跟著	to follow
14 ความร่วมมือ	khwa:m1 ru:am3 mue:1	合作	cooperation
15 การสนับสนุน	ka:n1 sa2 nap2 sa2 nun5	支持	support; assistance

相關詞彙 Related-vocabulary คำศัพท์ที่เกี่ยวข้อง

MP3 07-03

	泰文 Thai	拼音 Pinyin	中文 Chinese	英文 English
1	นำเข้า	nam1 kha:o3	進口	*to import*
2	ผลิตภัณฑ์เกษตร	pha2 lit2 ta2 phan1 ka2 se:t2	農產品	*agricultural products*
3	ผู้ผลิต	phu:3 pha2 lit2	供應商	*supplier*
4	ผู้จัดจำหน่าย	phu:3 jat2 jam1 na:i2	經銷商	*distributor*
5	การจัดซื้อ	ka:n1 jat2 sue:4	採購	*procurement*
6	เอกสาร	e:k2 ka2 sa:n5	文件	*documentation*
7	การชำระเงิน	ka:n1 cham1 ra4 nger:n1	付款	*payment*
8	อากรนำเข้า	a:1 kor:n1 nam1 kha:o3	進口關稅	*import duty*
9	ใบรับรองแหล่งกำเนิด	bai1 rap4 ror:ng1 lae:ng2 kam1 ner:t2	產地證明	*certificate of origin*

常用句子 Sentences ประโยค

MP3 07-05

1. เรา อยากรู้ เกี่ยวกับ วิธีการ แพคเกจ และ ขนาด

rao1 ya:k2 ru:4 ki:ao3 kap2 wi4 thi:1 ka:n1 phae:k3 ke:t1 lae4 kha2 na:t2

我們想瞭解包裝方式和規格。
We would like to know about the packaging methods and specifications.

2. สินค้า ผ่าน การตรวจสอบ ความปลอดภัย ของ อาหาร หรือไม่

sin5 kha:4 pha:n2 ka:n1 tru:at2 sor:p2 khwa:m1 plor:t2 phai1 khor:ng5 a:1 ha:n5 rue:5 mai3

商品是否已經通過食安檢驗呢？
Has the product passed the food safety inspection?

3. ภาษี นำเข้า เท่าไหร่

pha:1 si:5 nam1 khao3 thao3 rai2

請問有進口關稅多少呢？
How much is the import duty?

4. อายุ การเก็บรักษา ของ สินค้า นาน แค่ ไหน

a:1 yu1 ka:n1 kep2 rak4 sa:5 khor:ng5 sin5 kha:4 na:n1 khae:3 nai5

請問商品的保存期限多久呢？
How long is the shelf life of the product?

87

Unit 8
客訴問題
Customer complaints / ข้อร้องเรียนของลูกค้า

會話 Conversation บทสนทนา

MP3 08-01

ก. สวัสดี ค่ะ มี อะไร ให้ ฉัน ช่วย ไหม ค่ะ

sa2 wat2 di:1 kha3 mi:1 a2 rai1 hai3 chan5 chu:ai3 mai5 kha3

您好，有什麼我能為您服務的嗎？
Hello, is there anything I can do for you?

ข. ฉัน ซื้อของ ใช้ ใน ชีวิต ผ่าน

chan5 sue:4 khor:ng5 chai4 nai1 chi:1 wit4 pha:n2

ออนไลน์ แต่ สินค้า ที่ ได้ รับ ไม่

or:n1 lai1 tae:2 sin5 kha:4 thi:3 dai3 rap4 mai3

ตรง กับ ที่ แสดง ใน รูปภาพ

trong1 kap2 thi:3 sa2 dae:ng1 nai1 ru:p3 pha:p3

我在網路上購買了一些生活用品，但拿到的商品與照片上的不符合。
I purchased some household items online, but the received products do not match the ones shown in the photos.

88

ข. นอกจากนี้ ฉัน ยัง พบ ว่า จำนวน

nor:k2 ja:k2 ni:4 chan5 yang1 phop4 wa:3 jam1 nu:an1

สินค้า ไม่ ถูกต้อง ช่วย แก้ ปัญหานี้

sin5 kha:4 mai3 thu:k2 tor:ng3 chu:ai3 kae:3 pan1 ha:5 ni:4

此外，我還發現商品的數量也不對，請處理這個問題。
In addition, I also found that the number of products is incorrect, help to solve this problem.

ก. ขอ อภัย ใน ความไม่สะดวก

khor:5 a2 phai1 nai1 khwa:m1 mai3 sa2 du:ak2

คุณ สามารถ ให้ หมายเลข

khun1 sa:5 ma:t3 hai3 ma:i5 le:k3

คำสั่งซื้อ และ รูปภาพ ที่ เกี่ยวข้อง

kham1 sang2 sue:4 lae4 ru:p3 pha:p3 thi:3 ki:ao2 khor:ng3

เป็น ข้อมูล อ้างอิง ให้ เรา ได้ไหม คะ

pen1 khor:3 mu:n1 a:ng3 ing1 hai3 rao1 dai3 mai5 kha4

非常抱歉，請提供訂單號碼和相關照片作為我們的參考。
I apologize for the inconvenience. Could you please provide the order number and relevant photos as our reference?

ข. ได้สิ
dai3 si2
好的。
okay

ก. เรา จะ ยืนยัน ให้ เร็ว ที่สุด กรุณา
rao1　ja2　yue:n1 yan1　hai3　reo1　thi:3 sut2　ka2 ru4 na:1

ระบุ ชื่อ และ เบอร์ ติดต่อ ของ คุณ
ra4 bu2　chue:3　lae4　ber:1　tit2　tor:2　khor:ng5　khun1

我們會儘快確認，請您提供姓名和聯絡電話。
We will confirm as soon as possible, please provide your name and contact number.

ข. ฉัน ชื่อ มาตา และ เบอร์ มือถือ ของ
chan5　chue:3　ma:1 ta:1　lae4　ber:1　mue:1 thue:5　khor:ng5

ฉัน คือ 0910-123456
chan5　khue:1　su:n5 kao3 nueng2 su:n5　nueng2 sor:ng5 sa:m5 si2 ha:3 hok2

สงสัย ว่า จะ จัดการ กับ มัน อย่างไร
song5 sai5　wa:3　ja2　jat2　ka:n1　kap2　man1　ya:ng2 rai1

我叫做瑪塔，手機號碼是 0910-123456。想問會如何處理呢？
My name is Marta and my mobile phone number is 0910-123456. Wondering how to deal with it?

ก. เรา จะ จัด ส่ง สินค้า ให้ คุณ อีกครั้ง

rao1　ja2　　jat2　song2　sin5　kha:4　hai3　khun1　i:k2　khrang4

และ คืนเงิน เต็มจำนวน

lae4　khue:n1 nger:n1　tem1　jam1　nu:an1

แต่ จะ ใช้ เวลา หนึ่ง สัปดาห์ ค่ะ

tae:2　ja2　chai4　we:1 la:1　nueng2　sap2 da:1　kha3

我們會補寄商品給您，並全額退費，但會需要一週的時間。
We will reship the item to you and issue a full refund, but it will take a week.

ข. ขอบคุณนะ

khor:p2　khun1　na4

謝謝您。
thank you.

ก. ด้วย ความยินดี ค่ะ

du:ai3　khwa:m1　yin1　di:1 kha3

不客氣。
You're welcome

本課詞彙 Vocabulary คำศัพท์

MP3 08-02

泰文 Thai	拼音 Pinyin	中文 Chinese	英文 English
1 รูปภาพ	ru:p3 pha:p3	照片	*picture*
2 จำนวน	jam1 nu:an1	數量	*amount; number; quantity (of countable nouns)*
3 อภัย	a2 phai1	原諒	*a pardon; forgiveness*
4 หมายเลข	ma:i5 le:k3	號碼	*number*
5 อ้างอิง	a:ng3 ing1	參考	*to refer, cite, quote (literally), or state a claim*
6 ยืนยัน	yue:n1 yan1	確認	*to confirm*
7 ระบุ	ra4 bu2	指定	*to specifically mention*
8 สงสัย	song5 sai5	想知道	*to doubt; to suspect; to wonder about*
9 คืนเงิน	khue:n1 nger:n1	退費	*refund*

相關詞彙 Related-vocabulary คำศัพท์ที่เกี่ยวข้อง

MP3 08-03

	泰文 Thai	拼音 Pinyin	中文 Chinese	英文 English
1	การส่งสินค้าล่าช้า	ka:n1 song2 sin5 kha:4 la:3 cha:4	運送延誤	*delivery delay*
2	ขนาดไม่ตรงกับที่ระบุ	kha2 na:t2 mai3 trong1 kap2 thi:3 ra4 bu2	尺寸不符	*size mismatch*
3	สีไม่ตรงกับที่ระบุ	si:5 mai3 trong1 kap2 thi:3 ra4 bu2	顏色不符	*color mismatch*
4	แพ็คเกจสูญหาย	phae:t2 ke:t1 su:n5 ha:i5	包裹遺失	*lost package*
5	การบรรจุภัณฑ์เสียหาย	ka:n1 ban1 ju2 phan1 si:a5 ha:i5	包裝破損	*damaged packaging*
6	ความผิดพลาดในการสั่งซื้อ	khwa:m1 phit2 phla:t3 nai1 ka:n1 sang2 sue:4	訂單錯誤	*Order mistake*

常用句子 Sentences ประโยค

MP3 08-04

1. ## ฉัน ยัง ไม่ ได้ รับ คืนเงิน

   chan5 yang1 mai3 dai3 rap4 khue:n1 nger:n1

   我沒有收到退款。
   I have not received a refund.

2. ## สินค้า ที่ ฉัน ได้ รับ หมดอายุ

   sin5 kha:4 thi:3 chan5 dai3 rap4 mot2 a:1 yu4

   我收到的商品過期了。
   The product I received is expired.

3. ## สินค้า ที่ ฉัน ได้ รับ มี รอย ขูดเสีย

   sin5 kha:4 thi:3 chan5 dai3 rap4 mi:1 ror:i1 khu:t2 si:a5

   我收到的商品有刮傷。
   The product I received has scratches.

4. ## สินค้า ที่ ฉัน ได้ รับ มี กลิ่น แปลก ปลอม

   sin5 kha:4 thi:3 chan5 dai3 rap4 mi:1 klin2 plae:k2 plor:m1

   我收到的商品有異味。
   The product I received has a strange odor.

5. สินค้า ที่ ฉัน สั่งซื้อ ถูก ส่ง ไป ยัง ที่อยู่ ผิด

sin5 kha:4 thi:3 chan5 sang2 sue:4 thu:k2 song2 pai1 yang1 thi:3 yu:2 phit2

我訂購的商品被送到錯誤的地址。
The product I ordered was delivered to the wrong address.

6. ไม่ สามารถ เปิด ผลิตภัณฑ์ และ ไม่ ตอบ สนอง

mai3 sa:5 ma:t3 per:t2 pha2 lit2 ta2 phan1 lae4 mai3 tor:p2 sa2 nor:ng5

商品無法開機使用，也沒有反應。
The product cannot be turned on and does not respond.

7. สินค้า ที่ ฉัน ได้ รับ ไม่ มี คุณภาพ

sin5 kha:4 thi:3 chan5 dai3 rap4 mai3 mi:1 khun1 na4 pha:p3

我收到的商品質感不佳。
The product I received was not of good quality.

8. วิธีการ ชดเชย ของ คุณ คือ อะไร

wi4 thi:1 ka:n1 chot4 che:i1 khor:ng5 khun1 khue:1 a2 rai1

請問您的補償方式是什麼？
What is your compensation method?

95

鹹蛋黃控注意！小心上癮！

各大網路購物平台均有販售。

MAMA
泰國MAMA OK
鹹蛋黃乾拌麵
4入/袋

調理參考

MAMA 泰國泡麵領導品牌

**正宗
道地泰式
風味**

全台7-ELEVEN、全家、萊爾富、
網路購物平台均有販售。

調理參考

星級運動補給
UFC椰子水

3度榮獲iTQi風味絕佳獎章
口味獲國際肯定

500mL 份量剛剛好，過癮！

- 泰國原裝進口
- 100% 椰子水
- 補充水分
- 零脂肪、不添加糖

全台7-ELEVEN、各大網路購物平台均有販售

香米泰國料理
Home's Thai Cuisine

從 2003 年我們在台北東區成立了一家時髦又正宗的泰國餐廳，並以推廣泰國飲食文化為使命，結合多種經營元素，優雅的空間、貼心的服務和正宗的美食，多年來已獲得百萬顧客的支持。

由於創辦人與主廚來自泰國，加上台灣熱愛泰式料理的廚師團隊，以高品質高標準經營餐廳，料理正宗、豐富多元，2005 年香米榮獲泰國經濟部頒發「Thai Select」，全球泰精選餐廳肯定，更是台灣餐廳首次榮獲此殊榮，香米代表台灣前往曼谷頒獎。香米 20 年來用心經營，博得廣大顧客一致好口碑，我們依然秉持正宗泰國料理：精緻、新鮮、高級食材，分享和推廣泰國飲食文化為初衷，以泰式親切的服務招呼每一位顧客。

復北店
(02)8770-7309
台北市復興北路 174 號一樓
中餐 11:30～14:30
晚餐 17:30～22:00

信義遠百 A13 店
(02)2778-6806
台北市信義區松仁路 58 號 4 樓
中餐 11:00～14:30
晚餐 17:00～21:30

臉書專頁

泉發蜂蜜
SINCE 1919

蜂華百年，嗡嗡精研

蒔花、養蜂、採蜜，
不斷從蜜蜂的智慧取經學習。
始自1919年的百年蜂蜜家族，
領受大自然恩賜之禮，回報以虔心，
遵循傳統採收時機，採最低限度必要加工，
追求取自蜂巢的原萃活性。

百年歷史的泉發勤奮不輟，與時俱進，
成立自有的工廠及實驗室深耕護膚保養品。

www.cfhoney.com

特選野蜂蜜50g　　特選野蜂蜜820g

台灣傳承百年的好味道

財團法人觀音根滿慈善事業基金會
Guany in GEN MAN Charity Foundation

觀音根滿慈善基金會以成為「公益服務業」的典範為目標，將公益關懷的核心價值，幫助更多有需要的人，實踐母親對台灣這片土地的長期關懷與承諾。藉由各位老和尚、師父、董事、顧問的力量走到第一線，除捐款之外，還實際投入時間與心力，透過各位親眼所見、親力所為，我們更能掌握需求、做更多善事。

創辦人林春燕女士一生非常節儉，將父母遺留下來的資產奉獻於成立基金會，「觀音」代表林創辦人對佛教的虔誠，「根滿」則是分別以父母親姓名尾字命名而成，期盼透過基金會的成立延續父母親的愛並回饋社會。

台北本會	103 台北市大同區重慶北路三段 240 號
桃園地址	324 桃園市平鎮區平鎮南勢郵局 13 號信箱
電話	03-439-1713
傳真	03-439-1755

官方網站　　臉書網站

紅棗食府

　　「紅棗食府」是以紅棗為主題的餐廳，以輕食的概念料理出養生風味餐，讓男女老少讚不絕口。紅棗食府的復古式的空間設計內涵著濃濃的藝文風，讓遠道而來的您能品味休閒、雅致、浪漫的鄉村生活。

　　紅棗食府的菜餚系以紅棗食膳為主，本店經典紅棗養生四要【棗點名、棗茶喝、棗飯吃、棗之道】及紅棗八饌【川七找山羊、找到金瓜園、見雞醉在田、取珠入紅棗、牛見義氣生、瞎搞找淮山、淮山養生去、氣吞肚中藏】來到苗栗一定要到紅棗食府品嚐看看，一探究竟，不然就等於沒到過苗栗。

　　紅棗在中國的食膳已有幾千年的歲月，然紅棗食府內有五大名廚，各個手藝不凡，可說累積了百年功力，故說【千年歲月百年味】是紅棗食府的最佳寫照。

【臉書 Facebook 連結】

【營業項目】
　　泡茶品茗、美食嚐鮮、蔬果摘採
　　農業生產參觀體驗、農產品展售
【地址】苗栗縣公館鄉福基村3鄰45號
【電話】037-224688

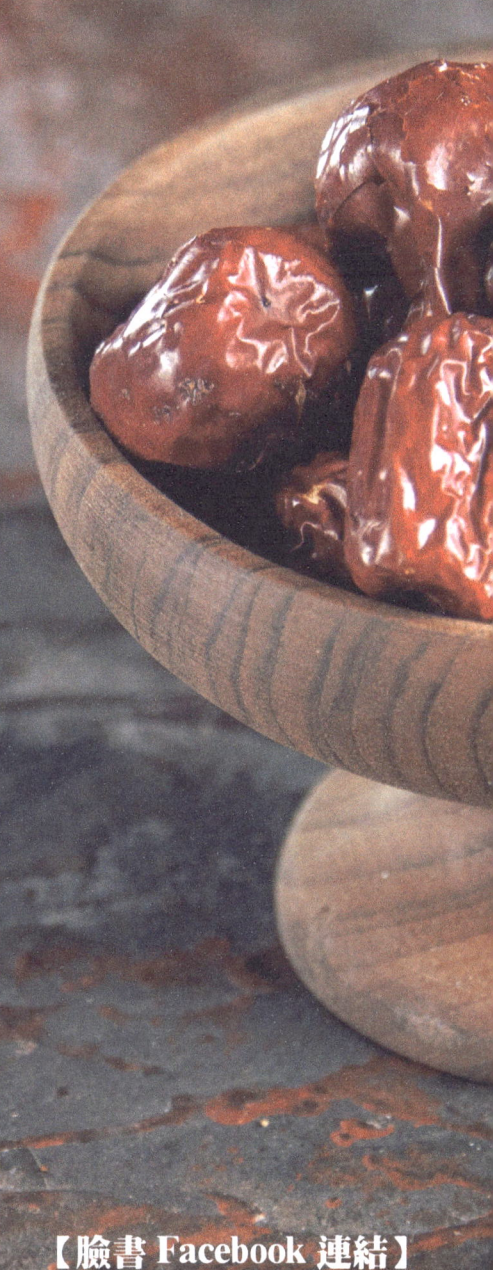